MARCÍLIO
GODOI

COMO ESCOVAR OS DENTES NUM INCÊNDIO

CONTOS

PATUÁ

SÃO PAULO | 2023

MARCÍLIO GODOI

COMO ESCOVAR OS DENTES NUM INCÊNDIO

CONTOS

Editor Eduardo Lacerda
Preparação e trad. da epígrafe Mônica Kalil
Revisão Ana Cecília Agua de Melo
Capa e projeto gráfico Marcílio Godoi
Editoração e montagem Memo Editorial
Assistentes editoriais Amanda Vital / Diego Alves Amancio / João Vítor do Nascimento / Maria Beatriz de Paula Machado / Mylena Morais / Ricardo Escudeiro
Administrativo e comercial Pricila Gunutzmann
Expedição Sheila Gomes

Catalogação na publicação
Elaborada por Bibliotecária Janaina Ramos – CRB-8/9166

G588c

Godoi, Marcílio

Como escovar os dentes num incêndio / Marcílio Godoi. – São Paulo: Patuá, 2023.

220 p.; 14,5 X 20,5 cm

ISBN 978-65-5864-699-0

1. Conto. 2. Literatura brasileira. I. Godoi, Marcílio. II. Título.

CDD 869.93

Índice para catálogo sistemático
I. Conto : Literatura brasileira

Editora Patuá | Livraria Patuscada
Rua Luís Murat, 40 | Vila Madalena | São Paulo – SP
Telefone: (11) 96548 0190
editorapatua@gmail.com

"Consumido por mais fogos do que ateei [...]"

(Jean Racine, *Andrômaca*)

SUMÁRIO

_CAETANO

NO DIA que ela me chamou pela primeira vez foi para consertar umas tábuas do beiral. Eu era rapaz e me senti até honrado com o jeito que ela me tratou, gentil, segurando a escada e ainda me oferecendo água, como patrão nenhum fazia.

Na semana seguinte, chamou para um serviço no jardim da entrada, uns vasos pesados, e assim foi, de carreto em reparo, até que um dia entrei na casa, chamado para impermeabilizar uma jardineira na varanda do quarto dela. Daí, foram muitos anos, ela sempre me pedindo ajuda até para arrastar móvel, tirar tapete ou mesmo só trocar resistência de chuveiro, pedra de filtro, com aquele sotaque dela, que não era brasileiro, mas eu entendia, não sei como.

A gente se encontrava sempre, moço, a casa era grande, carecia de muitos cuidados, e eu já conhecia tudo, antena, telhado, forro, pia, porão. Mas, por dentro, eu sempre tremia quando ela mandava me chamar na cidade. Em algum lugar frio da barriga, que eu não sei dizer bem direito onde é que fica.

Lembro dos dias dos janelões. Cedo, a gente começava a rodar a casa por fora, limpando um a um os vitrôs, ela jogando água com a mangueira e eu esfregando os vidros. Nesses dias, a gente almoçava junto, quietos na cozinha. Eu falava pouco, come mais, obrigado, bebe água, obrigado, esse bolo eu que fiz, tá gostoso, o barulho dos talheres raspando a louça.

Mesmo que nunca qualquer coisa tivesse acontecido, eu não sei dizer, não, moço, mas pensava que alguma coisa errada estava acontecendo ali, mesmo que não acontecia nada. E era nada mesmo, era só a gente, só nós dois sozinhos, enquanto eu rejuntava um azulejo, ela inspecionando o serviço, quieta, sem braveza, e uma doçura, não sei, que tinha.

Um dia ela insistiu para eu ficar mais um pouco, num fim de tarde quando caiu um pé d'água daqueles de bloquear estrada. A noite entrou, bebemos uma cerveja na varanda mesmo, que eu me sentia menos confuso na parte de fora da casa. Nesse dia foi estranho, a gente ficou parado, um do lado do outro, olhando os pingos. O cheiro da terra subindo. Nada acontecia. Nem relava. De vez em quando, ia e vinha uma palavra. Sobre nada também. Mas, dizer, tinha uma eletricidade ali.

De tanto eu não dizer nada, foi indo, foi indo, disse que estava ficando tarde ou que tinha pressa, nem lembro. Tenho compromisso na cidade, dona, vou-me embora, acho que foi isso que eu disse. E a roda da moto rodou no barro das poças da chuva, espirrando de volta a lama como um chicote nas minhas costas.

Não sei dizer direito por que eu ficava assim, tão sem rosca no serviço. Era um trabalho comum, e nesse tempo ela nem casada mais não era. Eu olhava as roupas dela no varal e só disso, moço, eu já tremia. A casa andava nos trinques, apesar de ser mais antiga. Tinha sempre um verniz, um entupimento, uma lâmpada queimada. E o coração disparado, mesmo que ela não estivesse junto, como na maioria das vezes estava, parada, ali do meu lado, me vendo, esperando eu terminar tudo. Meus olhos nas costas sabiam que ela me olhava.

Só quando levantava muita poeira, bater carpete, ou quando dedetizava a casa, que eu me lembre, ela saía de perto de mim. E nunca dava palpite no que eu fazia. Só pedia, e pronto. E ficava parada, olhando a massa na espátula, o pincel na tinta, como se quisesse aprender como faz, nunca fazendo. O olho dela escorria entre as minhas costelas como a pintura quando eu esticava o braço para cima, aquilo me confundia a cabeça, moço. E na coluna ia esse frio de saber que ela me via, daquele jeito dela. Não me acostumava com tanta, sei lá, educação da parte dela comigo. E já se vão quase vinte anos, a casa brilhando, como nova.

Mas foi, e eu me acalmei esses anos todos em mim, essa falta de jeito, esse sem lugar no corpo de um serviço que nunca podia esperar e nunca acabava, esse gelado na espinha foi me explicando o que eu já sabia desde o começo, que ela não tinha interesse nenhum em mim, imagina uma coisa dessa. Nunca aconteceu um gesto, de lado nenhum, que confundisse os encanamentos, se é que o seu moço me entende.

E eu sempre me disse na cabeça, repetindo, repetindo o que sempre soube, pra modo de garantir, calma, Caetano, calma. Esfria essa sua cabeça, o capricho dela, o carinho dela, todo esse amor dela, sempre foi, assim, como vou dizer, moço, só mais pela casa mesmo.

CARMEN_

Carmen aponta para toda parte. Só agora se me evidencia este fato: de que são muitas as setas que saem do peito de Carmen nesta manhã. Multicores, multidirecionais, multiplicam-se a meus olhos vistos. E só agora me dou conta disto, de que Carmen vinha indicando mesmo, sugerindo-me, já há um bom tempo e para fora de seu corpo, setas de muitos comprimentos e variadas espessuras.

Ainda ontem à noite, eu acreditava que de Carmen saísse apenas uma grande seta, meio alaranjada, mais ou menos do centro de seu colo, sentido frontal, e alguns berloques. À altura de seu umbigo, supunha verter dela só esse definido, único vetor que me apontava com clareza a direção para a qual se dirigia Carmen. E de onde, mais ou menos, eu também me referia a mim, no sentido de meu desejo-seta-de-Carmen, Carmen de todas as manhãs, Carmen de toda tarde, Carmen de noite.

Estupefato, percebo no claro agora que várias setas multiformes recobrem toda a Carmen. E que, desse emaranhado de múltiplos indicadores que se forma em torno de seu vulto, súbito tornado medusa, posso sentir a seta indecisa da canção que cantarola Carmen. É uma toada estranha, em idioma estrangeiro. Talvez romeno, euskera, batúa, kami, shimo, não sei que raio de língua é essa que se derrama mole, pegajosa, sobre o rendado do seu robe de tão branca seda, cetim, voal, organza, não sei dizer a diferença.

Carmen se comporta como se aqui eu não estivesse. Sentada absorta no sofá, nem nota minha presença, eu parado diante dela feito um boneco de posto, agitado, palavroso, inquieto e pleno de razão. Entretida no bordado confuso em que se meteu nas últimas semanas, Carmen se ajeita para fora de seu colo assentado numa coleção de setas ramificadas sob essa música estrangeira de país nenhum.

Distraído, até ontem, eu pensava que fossem alguns novelos de lã. Olho para essa mulher amanhecida, exorbitada de flechas mutantes, e já não entendo nada. Pondero, mas não me faço ouvir. Para onde diabos devo ir? As setas vivas de Carmen a emolduram numa aura de paz e indisfarçável felicidade, o que, de certo modo, me irrita e me desorienta ainda mais. Seus tentáculos delicados, diáfanos, são uma redoma erguida em serpentes para defendê-la de mim, mas absolutamente alheia a mim. Carmen está situada numa espécie de ponto de fuga da minha presença.

Carmen deve estar doente. É isso. E, quanto a mim, não conhecendo palavra alguma nessa sua nova estranha língua, talvez russo, bantu, sânscrito, exijo dela, aflito, uma explicação. Nanossilábica, Carmen responde às minhas perguntas sempre com um sorriso de lado, uns olhinhos revirados de louca, como se repetisse a toda hora, será que chove, será que não chove, meu amor? Mas que idioma ela estará falando com esse seu olhar vidrado? Como se diz "chuva" nesse seu silêncio?

Tento inquiri-la diversas vezes sobre o que se passa afinal, mas, a cada pergunta, distende-se, projeta-se para fora do campo-corpo de Carmen uma nova seta, tanto maior quanto mais eloquentes se fazem meus questionamentos. Agora, por exemplo, toda arlequinal e blasée, Carmen apara as unhas com uma lixa imaginária, soltando esporádicas assopradas em meio a uma ou outra gargalhada de atriz. Por detrás do exótico e indevassável buquê de setas, agora vejo e constato em definitivo: é mesmo Carmen.

Fica na sala um inexplicável aroma de glicínias, reforçando minha sensação de que ela estaria mesmo entorpecida e fora de si. Como fora de mim tão claro se situa. Ergo o nariz, ameaço fazer as malas: ela só faz sorrir. E, a cada peça de roupa que atiro na mochila, chantageando-a com a imagem da míngua financeira em que a deixarei dali por diante, resplandece no cocuruto de Carmen vistosa nova seta, fulgurante, pirotécnico cocar multicolor. E, junto, uma palavra intraduzível, maviosa, cantada por ela. Carmen canta, meu Deus, em que língua? Desta vez, arrisco-me: por certo uma antiga língua indígena, extinta, morta. Canarim, maxacali, manduca, tupi-guarani.

Afasto-me. Do corredor posso ver melhor o empavonamento que acomete Carmen. Ela está de pé, caminha pela sala, abre a porta da varanda, e suas fitas de pontas triangulares despejam-se sobre o nosso jardim. Lá fora, despertadas pelo vento, as setas de Carmen ganham um sopro novo e se inflam em volumes ainda mais brilhantes sob o sol duro deste quase meio-dia. Levantam-se lentamente como pluma, e o corpo crivado de minha Carmen flutua em orgulhosas deixas. Carmen rente ao chão, Carmen sobre o deque, Carmen deslizante no centro do gramado.

Ali, Carmen dança um estranho balé, coreografado de modo odiosamente feliz. Carmen vai muito mal. O tal sorriso, indizível em língua estrangeira, cada vez mais colado, congelado em seu rosto. Carmen aos poucos vai jorrando na direção do muro vizinho. E, em sua leveza, leva consigo a lira de minha avó, ou seria a pequena sanfona de oito baixos de minha mãe?, deixa um rastro de papéis esparsos, bilhetes, cartas antigas e documentos, caídos, espalhados, dissolvendo-se na nossa piscina.

Carmen agora se ergue ainda mais. Sobe esgueirando-se acima de suas setas policrômicas, puxando-as e esparramando-as, como os forros de mil e uma saias embaralhadas entre as tumbérgias roxas de nossa trepadeira. Tem os braços abertos, as mãos espalmadas, a cabeça jogada para trás, como num quadro do dezenove. É um outdoor volante, Carmen, derramando-se sobre a cerca viva, minha vênus Carmen. Carmen já sem pernas visíveis, Carmen enfática e multidirecional, subitamente insurgida de sua vida pacata, arranjo floral deslocado para fora de tudo, explosão tentacular de fogos de artifício, soberana efusiva, brilhante dirigível se afastando ao longe, em pleno sol a pino.

Da esquina, ainda posso ver seu feixe de setas bailarinas no céu. Carmen se ergue muito agora. É um grande ouriço lumicolor a flutuar sobre os telhados das casas desertas. Todas as casas estão desertas. Longe, longe ela gargalha em desalinho, ostentando esse vestido diáfano-rendado por onde desfiam misteriosas fímbrias. E continua emitindo frases em idiomas para mim indecifráveis. Talvez búlgaro, talvez iídiche, talvez urdu.

Carmen agora é um asterisco colorido sobre a cidade, que ainda é nossa. Corro até o fim da rua, duas, três quadras, sigo-a pelo céu, no chão. Ainda é minha Carmen, recortada inteira no azul que permanece sendo, eu sei, o mesmo azul sobre nossa cabeça e o terreno da nossa casa, o que me consola. Carmen se dissolve em vaporosa luz, pássaro de férias, anjo perdendo foco num mar de nuvens.

Carmen — ou fui eu que diminuí muito? — vai longe e alta como um balão, demitida da pressão atmosférica. Carmen, daqui ainda posso te supor, não te enganes nem tentes me convencer do contrário. Carmen, ainda me ouves? Carmen, e se fôssemos juntos ao doutor? O que achas, Carmen? Em que língua estás a cantar, Carmen? Carmen?

M._

LÁ FORA havia sino, havia um chover fino e o vento. Lá fora havia maio e suas flores mortas, entrefolhadas de facas. Lá fora havia a vida de todo dia, mas era como se lá fora só houvesse silêncio. Era um vazio esburacado de nadas, engastalhado no tempo, jogado no meio da cidade e do dia como um lote vago, cercado de mato e abandono, esse silêncio.

O almoço distendeu a manhã enterrada de velório e soltou-a, parada num sem lugar, bem no rumo da tristeza, da modorra morrinhenta, teimosa em não se dissolver na tarde, dentro dos homens e das mulheres. Rumores, só os do garfo no esmalte do prato. Da água da bica no barro da caneca, da comida socada entre dentes. Tudo aprisionava o instante sem voz nenhuma, a gente distendida em torno da mesa como em volta de um caixão. O almoço, uma goteira que desafiava com calma e resignação a amplidão da bacia de alumínio, preenchida aos poucos pela realidade mal deglutida dos três.

Não consegui nem chorar, parece coisa que a mágoa secou, falou a mulher, olhando para a tábua carcomida do chão. Ia sentada meio de lado na banqueta, como que a dizer, não ficarei muito aqui. Liga não, tia, consolou o menino, ofendendo o tampo da mesa com um prego que lavrava a camada de verniz na madeira com quatro riscos que formavam uma letra M. E não disse mais nada, só assoprou o pó que ficou por cima. Depois quedou ali, sem querer comer, língua mordida, às vezes fungando o nariz, caprichando na brincadeira de botar M. na tábua grande do maior silêncio do mundo.

A mulher não se perdoava por não ter vertido pela irmã uma só gota. Nem que fosse para depois poder descansar, lamentava-se. Agora precisava apenas se deitar um pouco, olhar o teto e esperar vir a coisa tão boba que lhe faltava, a medalha de cristal de uma lágrima pregada na lapela.

Ela não cogitava, nem o menino, que caprichava agora na curva do til sobre a letra A, que cada corpo chora do seu jeito. Chora num gesto encurtado, numa respiração arfada. Chora num encurvar de ombros, num pigarro bem dado, numa ruga que vira calha seca de rio afluente do olhar, chora com esse olhar parado no nada e, sim, às vezes chora só com o peito frio, congelando.

A gente, quando chora seco, chora também, só que para dentro, mulher, completou, desditado, o homem. Chora só para si, oxe, rompendo de vez o silêncio engasgado em si, tentando consolar a cunhada, que viera passar uns dias com aqueles dois seres deixados um para acompanhar a solidão do outro no mundo desabitado daquele casebre viúvo e órfão.

A providencial figuração do cunhado que ainda pairava no ar pesado, ela engoliu junto com um pedaço de doce de figo que o menino deixara no prato, o último feito pela sua mãe. Aquilo a entristeceu ainda mais. Reparou numas teias no teto da casa, enxugou as mãos no avental e saiu apanhando coisas a esmo, guardando-as sem jeito no armário sobre a bancada, também ainda parada na ordem da véspera, já que as coisas demoram um pouco mais que seus donos para partir.

Depois ralhou com o sobrinho, que já terminava de esculpir em baixo-relevo a escadinha de uma letra E. Para de destruir o móvel com esse seu prego maldito, diabo! Entojo!

Na tarde do dia seguinte, sozinha, enquanto varria o quintal, a tia-cunhada-irmã, sem nem pensar em nada, morte, luto, solidão ou coisa que fizesse sombra parecida no nome da saudade, deixou cair na terra uma lágrima, única. Foi um pingo grosso, redondo, pérola espelhada de azul que o chão logo tragou, com muita sede.

Ali, naquele lugar exato, brotou um arbusto esperto que em poucos dias já dava o ar da graça de ser o que ele era mesmo, um pé de ingá. O ingazeirinho logo tomou tento, aguado todo dia pelo menino com a bica olho-d'água, uma que o pai canalizou. Em poucas semanas, virou árvore feita, o danado, copado, um ingazeiro de verdade. Isso promete três floradas por ano, disse o pai, arrancando entusiasmo sabe-se lá de onde. E bateu com força o martelo num prego teimoso que saltara inadvertidamente do assento de um dos bancos que produzia em sua oficina, todos em forma de bandeirola de São João.

De fato, um dia, quando o menino tomou corpo de homem, da galhada do ingazeiro despejaram-se longas vagens na direção do chão.

Quando abertos os seus estojos, delicadas sementes, envoltas em polpa aquosa e branca, surgiam e serviam de delicioso alimento àquele menino-moço-feito, bem como a seu triste pai.

Durante muitos anos, sem a presença da tia, que partira para cuidar dos seus, pai e filho se alimentaram daquelas enormes gotas de algodão-doce generosamente oferecidas pela árvore, que crescera como milagre ao pé da bica do quintal que dava no córrego. Esse córrego vai dar no riacho, que vai dar no rio, que vai dar no mar, repetia-lhe sempre o pai, catando feijão e pregos na lata, sob a coberta, como numa canção.

Inspirado pela água da bica, o menino tomou o rumo do mundo que ia dar no mar. Conheceu outras terras, outros homens, uns bons, uns muito maus, com quem não conseguiu nem brigar. Conheceu mulheres das cidades de porto e de uma delas até se enamorou, mas, igualmente, nem por ela conseguiu brigar. Fez um pouco de dinheiro, depois o gastou, tentando convencer-se debalde de que ele seria aquilo mesmo, uma coisa-gente, que nunca tinha sido. Muitos anos depois, voltou à casa em que o pai ainda fabricava banquetas e esperas, para dele se despedir.

Já sem o pai vivo por perto, o menino, que já tinha ele mesmo se tornado um homem velho, ao colher no quintal os frutos com que se sustentaram, notou no ingazeiro crescer uma estranha vagem, muito maior do que as outras. Era um vagão espichado e muito grosso que crescia e descia a cada dia, decidido, como se fora mesmo um novo tronco do ingazeiro. A coisa foi indo, foi indo, até que tocou o chão.

Intrigado, notou que aquilo que a árvore pariu pelo galho principal tinha forma de canoa. Deitou, então, no solo o pequeno bote, embarcação em que o fruto se tornara, tomou-o nas mãos pela corda seca que já não mais o ligava ao galho e arrastou-o até o riacho, sobre a lama. Dali, meteu-se no caiaque, enveredou pelo rio, ingressando nele em definitivo com seu barco vagante, saltando da margem. E partiu.

Partiu flutuando na fava daquele ingazeiro grande, seguindo no rumo do mar. Alimentava-se dos imensos tufos que, como ele, úmidos também embarcaram. A viagem levou alguns dias. Quando, enfim, atingiu a desembocadura do bojador, o menino velho ajeitou-se no chão de sua canoa sem vela, tirou do bolso seu prego muito gasto e assoprou a ferrugem que o recobria. As mãos estavam um pouco trêmulas, vacilantes, mas o menino pôs-se a sulcar no fundo macio daquela vagem-viagem, vagarosamente, o primeiro risco, que parecia ser uma das duas pernas de uma letra M.

CRISTINA_

Ele frequenta esse museu como se visitasse velhos amigos, particular e cordialmente. Avança pelos compartimentos com desenvoltura, como é bom saber que as dançarinas de Matisse continuam tão vivas, rubras, circulares e felizes sobre a grama verde, sob o céu azul de metileno, nessa linha orgânica, tão concisa, da modernidade.

Salve, banhista de Cézanne! — diz. — Que bom revê-la ainda na plena forma que reinventou a mitologia clássica no romantismo, com seu corpo assim, escultórico, quase uma natureza-morta, geométrica, triunfo dos mais luminosos pastéis. — Vê, ao lado, que suas amigas d'Avignon também mantiveram o viço anguloso que Picasso, sob a luz que tomou emprestada da pincelada inaugural do amigo Paul, alegremente aprofundou, rompendo de vez com a perspectiva, lembrando com raríssima coreografia de cubos o famoso bordel de Barcelona.

No silêncio arrebatador dessas salas de visitas, ele pode ouvir os próprios pulmões bombeando ar, como se usasse um escafandro. E eis que, de uma janela emoldurada em ouro, avista o céu sobre a cidade. É o mesmo céu do quarto em que Van Gogh via a noite estrelada fazendo-se dia. E pensa — vejo que aqui ainda estão — e cada vez mais cintilantes — os muitos sóis de volutas perfuradas por pinheiros, pulsando pequenos pontos de tinta cuidadosamente posta em torvelinho para alimentar nossos cristalinos tão carentes de mistério — e de espanto.

Agora em outro andar, folga imensamente em saber que também as mães e as crianças de Diego Rivera continuam organizadas, a coroar seus gestos simétricos com a mesma simplicidade e doçura nascidas daquela luz dura, distante, da colheita da cana-de-açúcar e dos grandes maços de copos-de-leite que um dia conheceu no México. E, com igual cortesia, quer cumprimentar sem palavras a solidão que René Magritte mantém até hoje fixada, sob absoluta distinção e galhardia, num beijo velado de dois amantes com o rosto coberto de pano, e que se deu certo dia, em Paris, no ano vinte e oito do século passado. Paradoxalmente, sente que a silenciosa solidão no surrealista belga parece ser idêntica à agitada solitude de Pollock, na inquieta abóbada de células feitas de tinta e fúria, perto dali, vinte e poucos anos depois, na cidade que, naqueles anos cinquenta, já não dormia.

Ah, e aqui está ele! — pensa extasiado o visitante. — O que dizer desse menino bielorusso que foi, e ainda é, Chagall em seu vilarejo, com camponeses flutuando num celeiro-céu, dentro dos grandes olhos de bois e cavalos fauvistas? A mulher, talvez sua mãe, ainda recebe as mesmas flores, sempre frescas, na tela-janela ao lado, bem no dia de seu aniversário. Quem sabe é seu pai, com sua amada, que também voa? Afinal, tudo está em suspensão na memória feita de cores e seres mais leves que o ar, como Marc queria que fosse a vida.

Mas o reencontro mais acalentado se dá entre ele e Cristina. Que alegria poder sabê-la tão bela e livre, ainda que congelada nesse gesto lânguido e suplicante, nesse mundo amarelo, asfixiante. Cristina mantém intacta toda a real magia de seu campo aberto, como um pássaro a flutuar eternamente num céu de trigo assoprado pelo sonho da inefável pintura de Wyeth. A casa está ao fundo, Cristina tem ossos de arado, seus dedos ainda cravam o chão.

O homem roda sob a luz leitosa daquelas salas. Quer ir até o fim, quando o quadro torna-se só quadro mesmo, em sua mais primitiva condição, desde o desenho, fácil de figurar, passando pelas primeiras camadas de tinta a se sobreporem sem história alguma, apenas tinta, cor sem biografia, até se tornar plenamente o que se ergue indizível à maioria de nós, de olhares não pintores, como o que, na ausência de um nome mais preciso, chamamos obra de arte.

Ele entende, já há algum tempo, que essas obras também o habitam, como lugares que também se fixam no peito. Que as pinturas daquele museu, como pessoas num quarto, talvez saiam à noite de chinelas para esticar as fibras das telas, trocar a barra do dia. Que tudo aquilo talvez adormeça a certa altura da noite e, em algum lugar de sua composição química, sonhe. Os quadros estão em paz — ele reflete —, passados os anos da performance agitada, do frisson de seu lançamento, com honestidade repousam, sempre sem resignação alguma, podendo agora ser, talvez ainda mais, exatamente aquilo que a sua essência reivindica.

Cristina o leva para muito longe dali, traz consigo seus olhos parados no mais puro encantamento e o arrasta a se eternizar, em sua terna e dramática empreitada, com a força de mil retroescavadeiras, a subir o campo e rasgar-lhe o peito. O corpo raquítico da moça sob o vestido rosa sabe o sol. Mesmo de costas, Cristina é absolutamente real, seu peito arfa, ele pode sentir. E é o que lhe basta. De dentro do linho da tela, ele sabe, ela não estará sorrindo, mas prossegue decidida rumo ao desafio do enigmático celeiro. Então, ele se afasta e diz: — Adeus, Cristina, até um dia desses.

VICKY_

CARO ANTÔNIO,

Teu pai está bem. Chego sempre ao final da tarde e o apanho um pouco cansado da velocidade do dia. A passos lentos, ele me abre a porta e depois espera, paciente, em sua banqueta, o braço apoiado na pia, que eu lhe prepare a sopa. Prefere a de abóbora, que consome com calma, beliscando o pão como um passarinho sovina cata as migalhas que se dispersam sobre a toalha da mesa.

Sua pele aos poucos foi virando uma película frágil, retendo com dignidade os ossos que apontam, espetando-o por dentro nos ombros, nos cotovelos, nos joelhos e nos calcanhares. De modo que, ao acariciar o dorso de suas mãos, é como se tocássemos o rizoma de suas veias, os vasos protuberantes e os microcanais que atravessam o mapa de seu arquipélago de manchas arroxeadas.

À altura do braço, segue a mesma geografia acidentada do tempo. Quando ele arregaça as mangas do pijama para comer, vê-se, através da fina hidrografia, o desenho dos músculos retendo e mantendo ainda íntegro o conjunto que, nos delicados jogos de contrapeso dos reflexos, resulta-lhe no rosto um lindo sorriso de agradecimento.

Gosto de ficar com ele, que, com sua doçura, também me socorre da dureza de meus dias no hospital. Dorme cedo, não costuma dar trabalho. Ontem, pareceu-me com o pulmão cheio, abri sua blusa para esparramar um pouco de pomada de cânfora em seu peito, quando já estava deitado.

A transparência da pele entre as costelas era tanta que jurei ter visto o seu coração, que batia fraquinho mas bem ritmado, lá no fundo. Hoje ele está bonzinho, cansou da tevê faz tempo, mas, do livrinho de capa dura, não larga nunca. No começo, pensei se tratar de uma bíblia, um livro de salmos, depois é que me dei conta de que era uma edição, muito antiga, de *O engenhoso fidalgo Dom Quixote de la Mancha*, publicada pela José Olympio, pelo final da década de 1940.

O que lê ali, me conta depois, de modo saudoso, como se as passagens de Sancho e Rocinante tivessem se dado com ele mesmo, o sol forte, os moinhos, os exércitos cruéis. Dia desses estava assustado por ter visto um tal Sansão Carrasco quando eu o barbeava no espelho. Perguntava aflito se eu não tinha uma armadura, onde estava o meu brasão, a sua lança, descrevendo uma atrapalhada heráldica aventura.

Amiúde, sempre depois dessa primeira hora do dia, tomamos um café forte, ele sossega, aproveito para lhe dar os remédios. É quando um sol fraquinho geralmente aponta na janela, acalmando-o da aflição da noite. Então nos despedimos, ele volta ao quarto, fica com seu livro infinito, e eu sigo para as clínicas.

Hoje devo atrasar na volta, porque tenho de passar antes nos correios e no mercado. Nos dias de forte tempestade, volto para casa sempre às pressas, pois ele teme o "fragor das trovoadas", como gosta de repetir, não sem algum drama.

No mais, às vezes brinca me chamando de Dulcineia de Toboso. O que, confesso, me desvanece. Quanto a essa fantasia que o assombra, não te preocupes, Antônio, posso te garantir que sua cabeça está boazinha. No fundo, ele bem sabe quem sou eu, sua Vicky, a enfermeira, que o tem sempre por perto.

Con mucho afecto, respetuosamente,

Victoria

GRAÇA_

DEPOIS DE mais de quatro mil quilômetros por essa 101 de meu Deus, cheguei a Natal. Dei sorte. Consegui, em Parnamirim, uma carga para volta até São Paulo. Quem sabe de lá não negocio outra encomenda até Porto Alegre? Do galpão da distribuidora de cosméticos, emendei direto a volta, pensando, com sorte e muito rebite, volto para casa em menos de uma semana.

No cruzamento para o retorno, já carregado, avistei a moça. Ela ia sozinha pelo mato da ilha do trevinho e olhou para mim. Fazia o lusco-fusco das seis, aquela hora de quando as medidas da gente ficam meio confusas. Não sei o que me deu, dei seta, ergui as sobrancelhas para ela, quando vi, ela já estava sentada ao meu lado, na boleia do caminhão.

Discreta, colada na porta, não disse palavra. Perguntei se ali perto tinha algum posto bom pruma ducha. Ela ergueu o queixo, entendi que seria logo em frente. Então seguimos por uma longa reta, e pude botar mais reparo nela. Era moça bonita, sem enfeite, vestido puído, pele seca, cabelo maltratado. O silêncio dela parecia respeitar a imponência do alaranjado que tomou conta do horizonte e se espelhava no asfalto. Seus dedos magros, sob os últimos raios de sol, levaram a gente até uma placa em neon querendo acender. A poucos metros do posto, havia uma série de quartos dando para a estrada.

Entramos cuidadosos. Era um motel sinistro, de apartamentos ruins, mas estava limpo. Ela se assentou na beira da cadeira de uma mesinha. Por humildade ou pudor, parecia não querer ocupar o assento todo. E me perguntou, apontando o item mais barato da lista plastificada que estava em frente, se podia pedir comida. Eu estava sem fome, tinha mandado um sanduíche de mortadela enquanto os homens carregavam, mas disse que sim. Aproveitei o prato comercial dela e pedi para mim um rabo de galo. Queria brindar com cachaça e Cynar a boa sorte que sempre me acompanha por esse bendito Nordeste.

O PF mal chegou, e ela avançou sobre ele feito um bicho. Comia com a voracidade de um leão, desses de documentário. Fechava os olhos no meio de cada garfada, o que revelava o tamanho do seu jejum. A luz fria do quarto iluminou de chofre a tristeza que havia na cena, de modo que preferi me afastar um pouco.

Encostado na cama, ali fiquei, bebendo lentamente o meu drinque, e só fazia percorrer com os olhos as costas dela, omoplatas lisas que pareciam duas asas, ofegantes. As alças do vestido subiam e desciam, até que foi indo, foi indo, o movimento se acalmou com um gole d'água. Ela depois passou um tempão assim, parada, como se estivesse, do mesmo modo que eu, se recuperando de um carregamento. Até que se virou de lado, segurando o encosto da cadeira, e me olhou. Só então lhe perguntei o seu nome. E ouvi sua voz, meio que se justificando, Olhe, eu me chamo Graça. E nem puta não sou, não, senhor, só vim mesmo maneira de poder comer, o senhor me desculpe.

Fiquei em silêncio, esbocei um sorriso de leve, sem maldade alguma, cuidando para lhe transmitir segurança e alguma compaixão. Aquilo parece ter lhe dado confiança. Então a gente ficou quieto, sem se olhar, só dividindo mesmo o ar abafado daquele quarto todo revestido de uma cerâmica rajada de cinza e que mais parecia um banheiro fluorescente.

Ela não disse mais nada, apenas se assentou na cama, do meu lado. Eu precisava descansar, modo de pegar o estradão bem cedo, mas permanecemos em silêncio, encostados no espaldar da cama, cada qual em seu travesseiro. Olhávamos os mesmos defeitos da parede mofada sob a televisão. Não senti necessidade de conversa alguma, mas achei bonito nós dois assim, parados, nem sei por quanto tempo, ali, sentindo mais só cansaço mesmo. Quando voltei da ducha, a moça estava apagada. Apaguei a luz e dormi também.

Ainda estava escuro quando acertei o quarto e a deixei ali. Peguei de volta a estrada, o sol me atirou seus primeiros raios pelo retrovisor. E eu disse, depois de um pigarrear reticente que tenho todas as manhãs, Descansa, filha.

ANSELMO_

O CADÁVER de uma formiga é apenas um asterisco seco de formiga. Mas Anselmo parece não ver bem assim. Sente suas vísceras se contraírem, seus músculos repuxarem de aflição e os tecidos de seu ventre se distenderem ao deparar com o inseto morto, esmagado acidentalmente entre duas páginas, par e ímpar, ao final do capítulo treze, um capítulo bobo, até.

De modo que Anselmo não se habilita a desferir o simples peteleco que solucionaria a questão para a maioria das pessoas que encontram um cadáver de formiga a certa altura de um livro. A maior parte delas sabe ou acostumou-se ao fato de que a vida não passa disso, ficar o tempo todo dando adeus ao que já não é mais, mesmo que aqui ainda esteja.

Atirar para longe, com as costas do dedo mínimo, no caso, o cadáver de uma formiga seca na entreletra é saudação básica que se daria a um inseto no estado em questão. Isso, para não nos referirmos ao grande número de pessoas que comprimiria o inseto mesmo ainda vivo, entre indicador e polegar, sem abalar a leitura ou a linearidade de um raciocínio, uma conversa ao telefone, caso encontrasse formiga aflita ou morta em um caderno ou agenda.

Anselmo, não. Anselmo veio ao mundo desprovido de critério aflitivo, isto é, veio sem a mínima dose de frieza ou da antissentimentalidade que regula nossa reação diante de qualquer bicho morto, sua teia, seus ovos, esqueleto ou qualquer um dos vestígios animais que, de algum modo, simbolize sua morte ou martírio.

Ao perceber em si o aumento gradativo da sensação de congelamento pelo assombro e essas instabilidades no ânimo que a aparição insetífera lhe causa, prejudicando seu convívio com ideias e presenças absolutamente prosaicas e naturais — três pares de patas, dois pares de asas que vivem poucas horas —, Anselmo resolve procurar um médico.

Durante a consulta, instado a falar sobre o que sente, Anselmo invariavelmente aponta a região torácica como a mais afetada pelos sintomas daquela dor vaga e difusa, com pontadas de ansiedade. Vai daí que o médico lhe solicita alguns exames específicos, desde uma simples chapa do pulmão e endoscopia até outros mais modernos, como ultrassonografias, cintilografias e tomografias digitais, feitas com contraste.

Alguns dias depois, no retorno de Anselmo, o médico se detém demoradamente em cada um dos exames. Roda a cadeira giratória, brinca a caneta entre os dedos, morde-a, olha com atenção os gráficos e as imagens impressas no papel. Ao lado, num quadro de acrílico branco leitoso, contrasta o acetato na luz fluorescente, delineando rios afluentes com a ponta do dedo, como se se tratasse do mapa de um planeta distante, e não do peito do homem de meia-idade que está ali, parado à sua frente. O médico repassa mais uma vez, como a se certificar, a leitura dos exames. Em silêncio aflito, postado diante da mesa, Anselmo vê a plataforma de trabalho do médico cercada de paredes brancas com diplomas, flâmulas, entre outras assertivas abonadoras.

Depois de analisar todas as possibilidades, entrecruzando informações e laudos, o doutor consulta um manual muito espesso na estante e hesita um pouco em proferir o diagnóstico. Coça a barba, pigarreia, o que deixa Anselmo ainda mais intrigado. O especialista nunca vira algo semelhante em sua carreira, mas está seguro do resultado e reconhece que não tem outra coisa a fazer senão dizer e, categórico, diz:

— Senhor Anselmo, o senhor tem uma árvore plantada no peito e uma miríade de pássaros ali aninhados. — Anselmo se confunde um pouco com a fala do médico e, buscando entender o que está por detrás daquela bela metáfora, pergunta:

— E o que quer dizer essa "árvore", doutor? — e faz, no ar, com os dedos médios e indicadores, as aspas que porventura tivessem escapado da entonação clínica.

— Quer dizer um ipê mesmo, senhor Anselmo. Dos amarelos. Ele está atualmente em floração, tem porte médio e possui a mesma idade do senhor, cerca de 48 anos. As raízes ainda estão em bom estado, o tronco sofreu ataque de carunchos, mas resistiu bem. Trata-se de uma árvore bonsai, aparentemente frágil, mas é, de fato, muito resistente em sua bela rusticidade. Deve ter sido uma boa semente que veio se desenvolvendo aí por dentro, desde o dia em que o senhor a engoliu, provavelmente logo depois de ter nascido.

Anselmo fica algum tempo quieto, sem reação. Até que, inclinando a cabeça — Sim, mas, e o que devo fazer agora? Isso é grave, doutor? —, pontua aleatoriamente Anselmo o lugar-comum de todas as consultas, mas visivelmente agoniado, ainda um pouco incomodado com a "natureza" da notícia. O médico já retornara cada um dos exames para seus respectivos envelopes, quando, entregando-os ao arborizado paciente, decreta:

— Não, não é nada tão grave assim, senhor Anselmo. Mas é um caso, digamos, raro, na medicina, e tem aspectos muito peculiares. O senhor deve observar bem o regime de poda, de rega, e tomar muito cuidado com os raios. — O médico, então, anota qualquer coisa na ficha e lhe entrega uma receita, sem olhar para os papéis, sorrindo seu riso equilibrista para Anselmo, um riso instável, com lábios cerrados, o riso sem sorriso dos médicos experts, que, juntamente com um par de olhos vagos na direção da porta, quer dizer sempre a mesma coisa: fim da consulta.

Anselmo Ramos pega o envelope e a receita das mãos do cientista. Levanta-se, dá um passo para trás, ajeita a cadeira sob a mesa e tosse com cuidado, muito de leve. Nisso, a galhada de um de seus brônquios tremula um pouco, mas depois se assenta. Anselmo sente nessa hora um flape de asas pela traqueia, talvez seja um sanhaço ou colibri, sensação que logo se dissipa. Anselmo está bem. Na loja de jardinagem, encontra os fortificantes indicados na receita, de modo que, em alguns dias, passa a lidar um pouco melhor com a mórbida visão do inseticídio.

JANAÍNA_

UM DESPRENDIMENTO raro a tomou de assalto. Quase um vazio. Estava assentada numa cadeira do 3004, a cabeça recostada na janela, o nariz contra o vidro frio, imprimindo num véu de vapor uma pequena galáxia. Lá fora, uma pequena multidão de ambulantes, pedintes, subempregados como ela, Janaína, só, com a cabeça recostada no vidro do 3004.

E foi então que, de súbito, Janaína não quis coisa alguma. Sentiu apenas isso. Um desapego medular, ancestral. Um repentino não se importar com nada, um grande, para usar uma linguagem que nem era sua, um monumental foda-se.

Sinceramente, nunca tinha parado para pensar nisso que tanto alardeiam por aí, ser feliz, coisa por demais abstrata, por demais solta para o seu gosto fazedor, sua vontade prática de quem aprendeu a não discutir com a vida nem se dar aos requintes de tomar as coisas fora do que elas em verdade são. Janaína não queria mais. Não queria mais nada.

De cara, tentou afastar aquela sinistra mas tão prazerosa possibilidade de elipse, o esvaziamento de qualquer ambição. Habituada ao pão-pão, Janaína no princípio exprobou essa desmatéria impegável que a invadia, a desvontade. Mas logo se rendeu, considerando intrépido e bom o fio daquela despretensiosa trama de não querer, nada querer, que se lhe impusera ali, num repente sem lógica.

Veio-lhe aquilo, fazer o quê? Nada queria, pronto. Não havia nada que pudesse, por bem ou por mal, reprimir aquele enlevo de despojamento sob as têmporas, nada a fazer senão aceitá-lo. Tudo agora lhe era uma só gota sem matemática alguma, numa economia branquíssima. Tudo era igual à vida toda menos tudo o que não era vida. Que estrambótico isso agora, pensou, ainda tentando entender esses noves fora, essa sensação de todos os outros momentos menos um, quando não se está com os burros do pensamento n'água. E tudo sendo só a parte certa das coisas, as coisas que restam quando não se está sentindo o nariz do desejo topando, como sempre, com mais uma porta fechada. Sem desejo, tudo lhe parecia tão bem e correto e pleno…

Então, quis saber: de onde aquela leveza tão enfática e suntuosa agora? Seria isso, afinal, a felicidade? Janaína voltava do trabalho, não da festa, não ouvia música alguma, não sentia prazer ou júbilo, não estava apaixonada, drogada, rica, nada. Janaína era agora só essa imensa paz morando dentro dela mesma, sem medo algum, como se uma grande delicadeza se instalasse, chegando distraída, fincando com força em seu peito, decantado de tudo, uma imensa bandeira sem brasão algum.

De onde essa fragilíssima, inexplicável epifania, plena de razão e descompromisso ao mesmo tempo? Que mistura era aquela, feita de cansaço, sono, ônibus e uma colossal ternura pela vida? Por um intervalo qualquer, como uma nota que se prolongasse vibrando em todo o corpo de Janaína, a coisa prosseguiu. Num espanto radioso, modestíssimo e ultrainterior.

De nada se lembrava, Janaína não pensava, não pesava, só sentia um entendimento amplo, amplíssimo, sem argumento algum, sem discurso. Era uma forma de pura bênção, sem deus, infensa a qualquer tentativa de descrição ou classificação. Janaína era, ponto.

Como se agora habitasse um mundo sem nada que a prendesse, nem mesmo às ideias as mais elementares, como fome, sede, capricho ou isso de respirar, prestar contas ao patrão, ao governo, à vida, à morte, à pressão atmosférica ou à gravidade, Janaína apenas desceu do ônibus.

Transe não era, anjo não estava. Janaína via-se sob um ataque súbito de plena consciência, uma concordância total, pacífica, com o fato de existir, coisa eterna feita de um punhado de segundos, ela que andava basicamente sem nenhum tempo por dentro.

Quando chegou em casa, ainda evidentemente um tanto aturdida, pendurou a bolsa no cabide atrás da porta, correu a encher uma panela bem grande de água e a colocou numa trempe acesa no máximo. Parada, Janaína olhava o fogo sob o ferro do recipiente, a água ainda morna, aparentemente intacta.

Media entre os dedos da mão esquerda a quantidade exata de espaguete que a alimentasse naquela noite com marido e filha, que a propósito a interpelavam com perguntas sem que palavra ela ouvisse. Janaína apertava a sêmola com força incomum, como se querendo acordar, como se querendo quebrar, ou matar, o macarrão.

JOAQUIM_

NAQUELE TEMPO se usavam calçadeiras. As de madrepérola eram as melhores, pois, finíssimas, faziam o pé deslizar suave até o bojo do calçado, casando as anatomias com perfeição. No toque da canaleta com o couro, no polvilhar do talco, o calcanhar ia pousando leve como água da bica, até tocar firme e sereno o chão da bota.

O meu senhor, claro, tinha uma dessas. A calha toda moldada em madrepérola iniciava no bojo dos calcanhares e ia subindo, subindo, abraçando as canelas mais bem-nascidas. A distinção do objeto do senhor coronel findava, no alto da bengalinha, numa mãozinha muito bem esculpida em madeira, cujos dedos perfeitamente talhados portavam, empunhando firmes, um laço de couro, alça nobre e distinta.

Só mais tarde viria a polaina, a pele da Polônia, sem desfazer-se das maravilhas de França, mas o Brasil, ah, o Brasil, diabo de lugar atrasado, era quente demais para dispor de tão sofisticado acessório calcanhar. A calçadeira de madrepérola do senhor seu coronel era entalhada a lixas ínfimas de Europa, e isso tinha um porquê. Homem daquela estirpe não se curvava diante de nada nem ninguém. Não olharia para baixo nem para calçar as próprias botas. E, enquanto seu majestoso pé descia recoberto do branco engomado da alpaca das meias pelo couro engraxado, forrado, o olhar altivo do senhor coronel prefeito mirava o horizonte, longe, até que o baque do calcanhar na palmilha avisava, com prazer, o êxito da justa, confortável e tão altaneira contenda.

Tais botas eram ruidosas, altas e, próximas aos joelhos, rangiam, espalhando o medo pela espinha dos empregados, que, por sua vez, viviam olhando para o chão. E eram tanto mais poderosas quanto mais tornavam indispensável o uso do tal utensílio de apoio para o calçamento, acessório nobre, cobiçado, todo cravejado de inconfundível galhardia.

Pobre não tinha calçadeira. Muito menos de madrepérola. Aliás, pobre nem botina tinha. O colono, o posseiro, o trabalhador rural, então, esse, se tivesse sandálias com duas tiras de couro, olhe lá, que levantasse suas rudes mãos para o céu. Um par de botas, o pobre que se esforçasse como um louco no trabalho, até que pudesse chegar a comprar um dia. Mas essas seriam invariavelmente daquelas de calçar encurvado, as retinas pregadas na terra, os olhos enterrados no chão, a craca áspera do pé se debatendo de sol a sol com um couro fétido. De modo que a realidade é que a maioria andava era descalça mesmo, cascalho afora, país adentro. A mando do meu amado senhor seu coronel prefeito delegado.

Quando o pobre virava capataz, recebia, como eu, uma botina mais alta como espécie de comenda. E foi subindo-me, desde meus calcanhares, uma outorga de prestígio que me fez assim, superior a quase todos. Desbravei mato para meu capitão-mor, sobre todos os demais, diga-se de passagem, pisando sempre firme, estando ao lado deles, quase como eles, descalços, mas eu, não.

Quanto maior a vileza do encarregado, mais suas botas gemem e caminham na direção dos joelhos, conforme a frieza de sua posição relativa aos desbotinados, que nunca se negam, mesmo sem botas, a severas empreitadas. Um dia, virei feitor. E a bota já me cobria todo o joelho, e ali estava eu, cercado de lambe-botas.

O senhor seu coronel prefeito delegado juiz da comarca tinha, de um lado da cintura, um chicote bem trançado em couro fino, com cabo de chifre de boi, e, do outro, uma arma com o coldre — ou o cabo do facão — rendilhado em marfim. Eu levava também, como prêmio aos fiéis subchefes daquele tempo, as duas armas na cintura. Mas, calçadeira de madrepérola de Áustria como a do senhor seu coronel prefeito delegado juiz da comarca e reitor, ah, isso eu nunca tive, não.

ADALGISA_

SOU UM contador triste, empilhando planilhas com células de números uma a uma, entre pastas e arquivos, sob o âmbar da luz que a luminária varre verde e dourado, pairando exata como um sol morto sobre a desordem de minha mesa. Abrindo um pouco mais a cena, vejo que sou um ator num monólogo de Beckett no antigo palco do Teatro Metropolitano de Querétaro. Das rachaduras da casa de espetáculos em ruínas, percebo que estou sendo observado, através da esfera luzidia do Aleph, por ninguém menos do que o próprio Borges e seu fulgor.

Mas não são números nem planilhas, logo vejo, e entendo que o inventor de Pierre Menard não é cego, ele me investiga com sua bola cristalina, e estou respondendo às cartas obscenas dirigidas a mim pelo amor de sua vida,

Beatriz Viterbo, mesmo sendo eu apenas um medíocre escritor de epitáfios, Carlos Argentino, às suas ordens.

Mas, quando releio uma das respostas que a ela jamais ousei enviar, noto que já não é mais uma carta o que escrevo, e sim uma receita de nitrato de prata, que, associado a uma pasta neutra de vaselina, combate a verruga que cresce no rosto de Martha Graham, a principal vedete e dançarina do corpo de coreógrafos da companhia que leva seu nome e que eu, como seu respeitável farmacêutico e amigo íntimo, costumo frequentar à sorrelfa, antes de voltar ao aconchego de meu lar, onde a poeta Anna Akhmátova, minha amantíssima esposa, aguarda-me para a leitura de algumas provas, entre elas, uma ode a Púchkin em ela que nos garante que a curva do pescoço de um cisne nunca se altera.

Numa dessas visitas secretas à bailarina, no tempo mole da dobra que há entre a tarde e a noite, depois de rever os correligionários do partido no café, flexível vejo na rua os acendedores de lampiões ordenando com varas acesas as suas lanternas, socorrendo o escuro, e dispondo-as como uma lua falsa na direção oposta ao sol. Entre dois postes, subitamente, de uma janela alta salta minha namorada, Irena Sendlerowa, cheia de anáguas e valises, adentrando apressada e amantíssima um coche pronto que ali nos aguarda para escaparmos em fuga de mais uma mãe revoltada ou um marido traído, não me lembro bem.

A carruagem passa rente ao desfiladeiro, estamos alheios a qualquer perigo, entregues, inflamados, ofegantes, diligentes a tórridos beijos na cabine do tílburi, quando percebo que nós dois, juntos, alegres, pousados nas pedras debruçadas sobre o mar de Taormina, vestidos como dois aqualoucos, estamos, de fato, na fotografia de um porta-retratos que seguro com as duas mãos no jantar da casa de dona Rivadávia Rosa, enfermeira muito amiga de Irena, a quem também esposei logo após ter sido salvo por ela de graves ferimentos num dos combates do levante de Varsóvia.

Por entre os convivas, já à mesa, sinto-me aliviado ao descobrir que era apenas um afinador de pianos trabalhando aquilo que considerei como incômoda e inqualificável apresentação musical solo na sala contígua à ceia que serviam, opulenta, solene, eu esgrimindo violentamente estranhos talheres dos quais desconheço completamente a utilidade. Pelo reflexo do espelho atrás da anfitriã, no momento do brinde, posso ver Adalgisa Alonso, ou seria Martha, não sei dizer, debruçada sobre um balcão e deveras triste. Quando me levanto para consolá-la, sinto que, na verdade, ela pranteava sobre o meu caixão ainda aberto, e suas lágrimas refrescavam as flores em torno de mim, dálias, angélicas ou agapantos, já não me faz diferença alguma, visto que eu tinha sido morto como bombeiro da quarta divisão de brigada no combate ao fogo de um cortiço bombardeado, e minhas feições estavam até bem preservadas diante do ocorrido.

O que posso sentir, afinal, é que o odioso aroma que me envolve é de crisântemos baratos mesmo, roubando, amarelos e brancos, minha última chance de sentir ainda mais uma vez o perfume de Beatriz ou Irena, não sei qual das duas, mas que costumava me arremessar a lugares insondáveis, sendo o mais frequente deles o fragor dos linotipos no final de noite em La Prensa Oficial del Palacio de la Moncloa, eu e ela, Anna ou Rosa, imantados de atração pela tipografia com a qual produzíamos panfletos libertários, às escondidas, na madrugada do jornal oficial em que trabalho.

Agora que estou vivo novamente, graças mais uma vez ao perfume que guardo em frascos insondáveis das mulheres que amei, vejo-me aconselhando-me com meu grande amigo, Gabriel Carvajo, que distribuía conosco material subversivo pelas ruas de Malasaña. Ele sempre me repete que, à noite, todas as pessoas que se amaram sonham sonhos juntas, mesmo que uma delas não se recorde muito bem dos momentos que tiveram. A sala está escura, talvez essa do outro lado da mesa seja Jane Lucy, uma das cartomantes da Corriente de las Flores, rua frequentada pelos que sabem que o sonho não é um tempo embriagado, descolado de qualquer continuidade, plausibilidade ou expectativa, mas que cada um deles possui um peso próprio, um sentido, uma beleza difícil de habitar, como, de repente, se ver montado num cavalo a galope, no fundo do mar.

Mais adiante, avanço pelos corredores de um galpão estranho onde estão catalogadas todas as coisas que perdi nesta vida. Roupas, brinquedos, cartas que não enviei e negativos de fotografias que não fiz entre originais perdidos de toda sorte que se empilhavam ali, ah, meus frascos insondáveis outra vez visito, e eu sabendo que choverá sempre torrencialmente sobre todos os descuidos de minha vida. Mas antes que tudo fosse só o nada e a escuridão de quando se sabe que se está sonhando, valsamos mais uma vez, Adalgisa e eu. Sim, era Adalgisa, clara, sob um imenso lustre de cristal. Lustre que, quando nos demos conta, era só a lua, imensa e amarela sobre nós, e a noite com que dela agora me despeço. Ouço a valsa ao longe, e a nitidez inédita dos melhores sonhos lenta se desfaz em minha cabeça, numa certeza dura, a de que o que sonhamos jamais poderá ser encenado novamente.

HELENA_

O SOL prossegue a irradiar suas lanças, que se quebram sobre o verde duro das folhas. Imóveis estão os cavalos, as selas, todo o estábulo, os telhados, as porteiras, tudo está branco e liso, os homens, seus avisos, seus chapéus impenetráveis à chuva, que escorre e tudo lava.

Que é de rebanho imponente, que é de casa forte, caiada, que é de gado na invernada, ao pé da serra monumental? Que é de capados parrudos, que é de caudalosa nascente, que é de madeira do dormente, nas tábuas de lei do curral?

Aos poucos, toda a propriedade vai se revestindo desse mármore de graníticos e escuros veios até a corda, a palha, o arame da cerca. A lua sobre a paina, em seu tempo o botão de rosa abrindo mão da vez de ser pétala em flor. Congeladas de pedra ficaram as fachadas e as serras, e as saudades e as reses e as árvores que ainda lhes fazem alguma sombra, sombras como soturnas ramagens alheias a todo vento.

Que é de altivas montarias, que é de selas lustrosas, que é de fuxicos e prosas, que é de infinito canavial? Que é de banho no Paranaíba, que é de centenárias mangueiras, que é de donas rezadeiras, que é de pecado no cafezal?

A escada de madeira, a forração, a sianinha apodrecendo como a janela colonial, a infância e, na paisagem, tudo que delas se descerra agora está assim, raptado nesse bloco estranho, sedimentado em movimento que se rompeu em eterna partida, a vida em modo estátua.

Que é de orvalho geado, a manhã nas folhas, que é de capanga e capataz, que é de Antônio Juvêncio, rapaz, que é de pinga no embornal? Que é de vida ao ciclo do sol, que é de fubá espraiado em celeiro, que é de meu boi carreiro, que é de meu Ford original?

Restou apenas Helena, a deslizar pelos aposentos e corredores, habitando de delicadeza movente o sonho, o véu de seu robe que flutua e alisa aparadores, ajeita a ortogonalidade de quadros, alinha criados sem história, petrificados mais fixos e mudos do que nunca.

Que é de quitanda fresca, que é de colcha com brisa de alecrim, que é de lençol branco e carmim, que é de linho do nosso enxoval? Que é de terra parindo filho, que é de gente gerando fruto, que é de meu arado bruto, que é de criadouro germinal?

Viva e bela criatura Helena, solidão em carne e osso, e isso de se ouvir o próprio sangue correndo nas veias. Helena, que tudo vê e sente e compreende no dorso dos pés, na pele fina atrás dos joelhos, das pontas dos dedos das mãos à chama de seu candelabro.

Que é de sementes plantadas no céu, que é de estrelas postas na vasilha, que é de minha saudosa filha, que é de nossa infância imortal? Que é de verde do capim-jaraguá, que é de meeiro amigo, que é de o amor que já nem digo, que é de filhos, crescidos, que é de mim, afinal?

Em algum lugar de Helena imprimem-se, no subterrâneo madeiramento do telhado, ou no secreto etéreo de um porão desterrado, os primeiros sinais de um leve reumatismo.

LEONARDO_

NINGUÉM PODIA saber. Ninguém podia saber de verdade o que havia entre o que eu era, o que eu não podia ser e o que queriam me obrigar que eu fosse. Nem eu mesmo sabia. O bom filho que eu queria ser talvez também não pudesse saber. Mas você, sem saber, sabia.

Só você sabia quem eu era. Só você. E o que eu era, no estado mais íntimo e verdadeiro, estava fora de cogitação naquele tempo, até mesmo entre as pessoas que mais me amavam. O que eu era, só você sabia, era um grande segredo nosso, velado, pactuado pela solidária inteligência e delicadeza que havia no seu olhar de menina esperta, sensível, minha melhor amiga.

Pensando bem, acho que a mãe, sabendo, fazia não saber. As mães sempre sabem. Mas a ela não foi dado o direito de acolher em público essa minha verdade mais alegre e secreta. Então ela, muda, só aceitava as coisas como elas socialmente podiam — deviam — ser aceitas. E a minha voz de menino, para minha tristeza, foi ficando grave.

Todos temos lá os nossos mistérios, e é bom que seja assim, as nossas dúvidas girando mais ou menos em torno de uma persona que nos é dado representar. Mas imagine não poder ser a persona que se sente ser? As namoradas eram uma ficção, os amigos, todos ficcionais, o trabalho, a família, os estudos, minha loucura, minha calma, tudo basicamente inventado e milimetricamente calculado para dar suporte não só a uma farsa, mas, pior, a um pacto para esconder o que eu era e definitivamente não podia ser.

Você, não. Pelos seus olhos aflitos, eu via que você, tão novinha, era a única pessoa que enxergava o óbvio. A seu modo, a única pessoa que não silenciava com olhos baixos de resignação a minha verdade proibida. E, no meu desespero aprisionado naquela fantasia ridícula do Leonardo macho comedor da turma — meu deus, quem acreditava naquilo? —, eu via que todos adoravam acreditar, só porque era muito mais fácil e simples que fosse daquele jeito.

Não para mim. Ser, simplesmente ser, é coisa difícil demais, quase impossível. E eu soube algo pior: não ser uma coisa e ter de ser outra, esforço mais que humano, sobre-humano, insano. E só você sabia.

Quanto mais o tempo passava, mais eu precisava ser polêmico, paradoxal, antitudo e antinada. Era o método cruel de uma construção que criei, como você um dia me disse, para que ninguém se ocupasse de olhar para mim a sério e a frio e entender do que eu era feito. Nem pai, nem mãe, nem tio ou vizinho. Ninguém percebia meu jogo de esconde-esconde. Só você via a violência que me subjugava, no escuro do quarto, quando nas férias você me olhava, eu dançando, cantando em falsete, você sabia pela minha voz, pelo perfume e maquiagem, pelas minhas fitas cassete de discoteca dos anos oitenta.

Você me dava cobertura, mas de modo muito crítico: nunca se deixava enganar a meu respeito, sempre tão debochada e divertida, aceitando os meus ímpetos de sarcasmo como ninguém, sem nunca me pedir explicação de nada. Sempre me dizendo com os olhos, quando você vai tomar o seu próprio rumo, rapaz?

Nas festas, na praia, na volta para casa de madrugada, na confirmação das tramas armadas para os horários mais loucos, caronas, só faço lembrar da sua risada esperta me olhando e piscando com os olhos mais compreensivos e inocentes do universo. Que sabedoria a sua. Todo gay merecia uma prima, sincera e divertida como você na adolescência.

O tempo passou, a gente deixou de se ver, você mudou de cidade. Por isso, não sabe da missa um terço do que sofri depois, levando aquele roteiro débil, furado, aquela grande mentira, tão prática e idiota, posta à frente das coisas mais importantes, o respeito, o carinho, você sabe a barra lá de casa como sempre foi.

Com os anos, tudo ia se encaixando num grande segredo malparado, até que a circunstância irônica e prática de uma leve demência, uma esclerose, digamos, justa e sutil, chegou em boa hora. O tempo cura tudo, não é? E os velhos envelhecem. A gente mesma amadurece e vê. E uma certa delicadeza recobriu, talvez por sabedoria, talvez por cansaço, o fim da vida dos meus. Uma longa insônia às avessas ocorreu a meus pais e parentes mais velhos, com sua pá inexorável de perdão, esquecimento e torpor, fazendo o que lhe cumpria fazer. E eis que tudo correu naturalmente para debaixo de um grande tapete, o tapete daquilo que a gente poderia ter sido. Meu grande segredo de polichinelo. O Zeca, desde quando foi adotado, talvez por ser seu afilhado, olha, nunca pensei nisso, foi a grande mola da virada.

Pena que esse tapete, apesar de imenso, não tenha dado conta de abrigar também os graves efeitos da doença que pintou por aqui, só para completar em mim a saga incruenta das injustiças. Então, venho agora, meio fraquinho, lhe escrever, para lhe contar nesta carta o que você já sabe de cor. Que você foi a primeira a saber daquilo que hoje sou com todas as minhas forças. Que hoje me lembro dos seus olhos de rir apertadinho e trago-os até aqui, junto de mim, para lhe dizer o que precisa ser dito, que quando eu soube e tive certeza e força para peitar tudo, foi com você na cabeça que pude prosseguir.

Há sorrisos amorosos, abraços acolhedores, amigos de inesquecível companhia. Mas você foi a primeira a me dizer que o medo pode ser vencido também por pontos, não por nocaute, com uma certa fleuma resistente de certezas que é uma espécie não violenta de coragem, sei lá. Você.

Daquela que por muito tempo se apoiou nos seus olhos,

Léa

FRANCISCA_

O TEMPO a tudo recobre com sua pátina cruel. O tempo espalha sobre os lugares e as pessoas esse amarelado verniz, cuja textura viscosa mais se assemelha a uma nódoa, a que só enxergamos com ele mesmo, o tempo. Berço em jacarandá com pés de balanço. Aparelho de jantar em porcelana estampada. Compoteira de cristal made in Bélgica. Jogo de taças incompleto, com cinco bolinhos de chuva escorrida por uma calha de zinco.

Lastro de uma antiga canção, da qual sabemos inexplicavelmente toda a letra, o tempo é uma espera reticente colocando reticências ao final de cada frase, esperando, ele mesmo, pelo tempo. Doze volumes da Delta Larousse. Coleção capa dura de Lobato, doze copinhos de alumínio para gelatina. Caderno dos fatos da vida da menina Francisca. Um par de candelabros de bronze. Um abajur estilo neoclássico tardio e um vestido de noiva com tiara de miçangas e pérolas, Chica, dona única.

O tempo é um manjado fantasma que, de tantos assombros, faz de nós amigos distantes de tudo. De modo que todas as recordações vão formando uma espécie de campo magnético, uma força invisível a atrair imagens, a envolver sentidos na gravidade do pó que decanta quando o vento arrefece um pouquinho o peso do próprio tempo. Carrinho de chá revestido de fórmica. Relógio de corda de parede parado. Móvel de vitrola, porta um pouco presa. Armação de óculos de tartaruga, duas lentes fundo de garrafa. Um balcão de bar com dois bancos de couro e uma conversa parada ali, nos anos de ouro, com brincadeiras de moços ao redor da sobremesa.

O tempo parece que sempre esteve por lá, mas era um tecido desbotado que recobria nossos órgãos vitais de um vermelho embaciado pelo sol. A vida é uma espécie de peritônio, que a todos os órgãos abarca. Há uma meninge inflamada dentro do tempo, doendo sem que se veja, sem que se sinta. Foto enquadrada de uma fazenda antiga. Aparador com detalhe entalhado em jacarandá. Conjunto de cadeiras em palhinha sem ser plástica, bom estado. Canapé almofadado de veludo, ponto de cruz bordado na pele, com linha e tudo, máquina de somar Facit, duas operações, um tinteiro com pena colorida e o mata-borrão do sonho de ser engenheira, erguido em vão.

O tempo estava guardado dentro de uma imensa arca familiar. Era um barco-baú invisível em que, mito bíblico, as mais importantes e tolas reminiscências estariam mais ou menos preservadas, como toda figuração imprecisa e as metáforas mais modestas. O tempo era só aquela caixa de sapatos que conservaria com zelo e alguma insistência a fragilidade de algumas cartas, fotos ou mídias envelhecidas, para a chegada de um determinado dia, o futuro, tempo que, em tese, como se sabe, nunca chega. Quadro a óleo de um patriarca na moldura. Fotografia colorizada da avó quando moça dedicada à neta Chiquinha. Canastra de guardados, cadeado original ainda com a chave e a vaga lembrança de uma certa aeronave.

Fóton recalcado, perdido num acelerador de velhas partículas onde as coisas desfeitas tentam se refazer de sua impossibilidade, o tempo são só as coisas perdidas tentando se reconciliar com sua inevitável irrastreabilidade.

O tempo, na medida de nossa capacidade de abstração, são as coisas mortas renascendo por um instante, num lampejo benevolente, quase desesperado. O tempo é uma saudade momentânea que nos invade. Cama de solteiro com mesinha de cabeceira. Colcha, cobre-leito. Jarra e bacia escalda-pés. Bordado de centro, de tricô e de croché, as tramas da vida como ela não foi no livro de poemas, jogo de tacinhas de licor aperitivo, aquarela de um famoso Ivo alguma coisa, brasão da família em relevo de bronze, as falas que se deixaram para depois.

Como uma carniça que atrai moscas e urubus, como células que se apagam ou se duplicam varejando desordenadamente, como formigas em torno de um doce, como átomos asteroides saltando em torno de núcleos disformes, vai o destino tecendo seu fim. É o tempo. Fruteira de acrílico rajado, inquebrável. Jarra com copos lapidados à mão. Cômoda em mogno, quatro gavetas, tampo de granito. Uma dor na lombar, um frio esquisito, uma ojeriza, uma gastura.

Estranha cicatriz amanhecida acesa, hora eletromagnética num órgão não identificado, o tempo é um inflamado cinema doendo sentidos difusos, involuntários, no escuro. Trata-se de uma nuvem com forma movente inventando desacontecidos num quarto de despejos idos numa fuligem de carvão, o tempo. Caixa de retratos forrada com papel estampado de flor. Faqueiro de prata quase completo. Outra caixa, vazia, revestida de camurça, fecho a chave. Caixa plástica para medicamentos com os dias da semana. Caixa de música com a bailarina fugida.

História de uma distância percorrida em uma urna balão, voo palmilhado como um plano de fuga atravessando mapas de majestosas rasuras, moenda de pedras mós no pó em pó de eventos improváveis, tira-manchas de insuperável poder multiprocessador de mentiras e corretor ortográfico, tudo em um só produto, aproveitem, é isso o tempo. Porta-copos temáticos de Paris. Gato de louça. Forma de bolo com furo e três tabuleiros de quitanda. Bandeja de inox para pães, bolos, tortas, e a sombra de uma casa vazia sobre as tardes mortas.

RUTH_

Abro os olhos, abro bem os olhos. Fotogramas de uma noite mal reparada de ressentimento e sono me escorrem da cabeça, assolam-me ainda os cacos dos pesadelos, que, girando, me arremessam e depois param, como ícones coloridos de máquinas caça-níqueis no cassino do quarto escuro, atapetado como mofado.

Ouço um bombardeio ao longe, como se alguém tocasse frenética e simultaneamente todas as teclas graves de um piano. Pela lasca de um espelho partido, posso ver e reconhecer o meu rosto, estou impregnado de carvão, cabeça raspada, pequenos rios de um pó preto preenchem as minhas rugas, arde-me nos olhos a fuligem, talvez seja um incêndio florestal em mim, mais parece, porém, um vazamento incontrolável de diesel, corro, tropeço em objetos, um anjo de gesso, um acordeão, e as balaustradas vão caindo pelo chão, tudo está em ruínas, menos a maçã verde que levo intacta na mão direita.

Cego, sei apenas que preciso salvar um certo vestido, mas antes devo deixar um bilhete que apressado se recusa a sair da caneta, esfrego os olhos, amasso o rosto como a um papel a ser jogado no lixo, o sol ainda não veio, estou em pleno voo, sou um piloto despejando bombas a contragosto sobre uma cidade em chamas. Lá embaixo, moedas reluzem perto da sombra do avião em que estou. Sei que durmo, não sei se sonho, procuro a data num calendário colado no painel, mas não há ali ordem cronológica alguma nem as coordenadas espaciais que procuro no variômetro. Desespero-me, as contas não batem, uma mulher chamada Ruth, mais confusa que eu, implora-me que eu a reconheça, esforço-me, não consigo saber quem é essa Ruth que tão pungentemente clama por mim e me sacode os ombros.

A mulher me chama pelo nome, Ivan, ou talvez István, sacode minha cabeça e agora me enxuga a testa, parece-me menos distante, está maternal e plausível como uma personagem lateral de um pesado romance lido com muito sono. Forço com o tronco uma porta trabalhada em madeira, o que, do outro lado, dispara o choro de uma criança como um alarme. Tosses desesperadas em meio ao lamento terminal me confundem sobre de que lado do aposento estou, alguém muito velho se engasga, mas não sei dizer onde ele está. Desesperado, começo a ouvir os argumentos esparsos dentro da neblina que a fumaça entorpecente se tornou, o que me atira novamente ao sono, do qual desperto adiante, desabado na cama, sem saber objetivamente coisa alguma. Devem ser três da madrugada.

Um cheiro forte, de óleo queimado, vindo de fora, me faz pensar em abrir a janela, não sei o que tal providência mudaria agora, mas obedeço-me. Lá embaixo, uma motocicleta acelera no semáforo, parece uma rajada, olho para o relógio, alivio-me ao ver que nele ainda há ponteiros e que o dia amanheceu completamente. Penso em meu compromisso, a entrega de tabelas e relatórios nos quais trabalhei ontem, ergo-me desequilibrado, visto apressado as calças, o interfone toca nos exatos intervalos do bate-estacas de uma obra vizinha, o zelador avisa que a água vai ser cortada para manutenção dos barriletes, amarro o sapato descendo no elevador, os documentos presos aos dentes. Penso num café, num banho, mesmo com barriletes imundos, no gráfico indecifrável que devo explicar na reunião, penso em Ruth acenando para mim da balaustrada, penso na autonomia de voo do meu Messerschmitt ME 163. Consolo-me lembrando que isso que está acontecendo agora é só o dia mesmo, quarta-feira. E temo não ter acordado ainda.

SIDNEY_

TODO MUNDO possui um segredo terrível. Viver é basicamente se acostumar aos poucos com essa notícia ruim ecoando acima e dentro de nós mesmos, naquilo que guardamos a sete chaves, bem longe dos outros, principalmente de amigos e familiares, porque ninguém se importaria de contar seu maior segredo a um estranho.

Eu também tenho meu segredo. E o autor deste pequeno conto prometeu-me liberdade total como narrador. Portanto, enquanto dono e senhor do que aqui vai escrito, não revelarei meu nome, me chamo, digamos, Sidney, seu estranho, na estranheza do que vou contar aqui.

É um tanto ridículo o meu segredo, algo que eu bem poderia administrar vida afora, em silêncio, sem que ninguém se desse conta, mas, aqui vai: tenho dois pés diferentes um do outro.

Isso mesmo. Quero dizer, eles são até parecidos, mas o fato é que calço 34 no esquerdo e 39 no direito, o que ninguém nunca percebeu ao me ver chegando a um encontro, claro, mas que, apesar disso, muito me incomoda. Sinto-me como um caranguejo arrastando-se na direção de outros crustáceos.

Ter os pés assim, como os meus, é como se, desde a planta, eu já tivesse começado errada, desproporcionada, desequilibrada. Com o tempo, dei um jeito de me contrabalançar na superfície da Terra, foi isso. Apesar de pouco visível, meu defeito funda o meu modo de estar no mundo. O pé de apoio da maioria das pessoas é o esquerdo, sendo o direito aquele de chutar, de subir no ônibus etc. No meu caso, apoio-me exatamente no menor, o que me obriga a jogar ao ar um pé bem maior, provocando talvez essa ânsia de correr, esse modo prestes a um tropeço, essa fuga difícil no mundo. O que talvez tenha me gerado uma certa assimetria na alma.

Quantas vezes, quando jovem, tentei confundir o vendedor de tênis, colocando o 34-direito na caixa do 39-esquerdo. Depois, sem remorso algum, ficava imaginando a pessoa que comprasse os pares errados, tentando enfiar cinco números desparelhados em seus pés simétricos, perfeitos. Depois parei com isso. Acho que, no fundo, o que eu queria era que alguém passasse, pelo menos um pouquinho, por aquilo que eu passo na vida todo dia, assim, em pares díspares. Quando estou numa foto na praia, repara, deixo meu pé menor sempre na frente para, na perspectiva, tomar o mesmo tamanho do pé grande. E ninguém descobrir que sou uma fraude em pé.

A moça do par desparelhado, a dona do pé destrambelhado, assim me refiro a mim quando estou deitada e olho para os meus pés em escadaria. É assim que me sinto. Parece haver uma criança ao meu lado, vou ver e sou eu mesma, inclinando o rosto para tentar fazê-los ter o mesmo tamanho. Então dobro a perna, qualquer uma, e acabo logo com o problema.

Uma vez, li que nem sempre os pulmões, os rins, as amígdalas têm o mesmo tamanho entre si. Mas ter pés diferentes é como lembrar toda manhã, ao colocar meias, chinelos ou calçar sapatos, quem de fato você é. Estou sempre inadequada e, hoje, com enormes chances de tropeçar. Há de partida alguma coisa errada comigo, esse meu defeito secreto, tão discreto e imenso, penso, ao imaginar que pássaros com asas desiguais simplesmente não existem. Não sobrevivem num mundo em que o equilíbrio natural é imperioso. Estou fazendo drama, ou hora extra, vivendo num mundo clássico, harmônico por espelhado?

Há, portanto, algo de bom em ser o narrador. Coisas formidáveis podem me acontecer em primeira pessoa: posso, por exemplo, ser a rainha dos mergulhadores da tribo dos homens-peixe, nas Filipinas, que garantem serem as mulheres de pés desiguais entidades supremas; posso também, eu, Sidney, ser a dominatrix do famoso grupo de podólatras de Chicago e fazer de todos os membros submissos capachos; posso ser um menino a quem o pai promete que seus pés serão iguais quando ele crescer; posso ser uma freira em clausura cujos pés nunca serão dados a ninguém ver; posso ser a mulher monstra da maratona, mas posso também faturar alto numa bolsa de apostas no parque de diversões monstruosas da cidade de Cleveland. Ou posso apenas ganhar mais uma gincana no colégio do bairro, pela minha excentricidade.

Posso inclusive ser eu mesmo, um narrador não confiável que acaba de revelar ser um homem travestido, cujo nome por acaso é Sydnei, assim mesmo, como o *i* e o *y* trocados, mas que igualmente não aceitou para si o fato de que seus pés desiguais façam parte excedente de seu todo desigual, de sua mente desequilibradamente normal, secretamente conflitante, claro, mas igualmente única, assim como a de todos os habitantes deste mundo torto.

MARTIN_

O TREM se esvaziou na estação de Palermo. O estrépito das malas e das bolsas batendo contra a estrutura das cadeiras já havia cessado. Os ambulantes e os pedintes, já à altura de Olleros, também se dispersaram apressados e, àquela hora da noite, já não mais se ouviam. Além de mim, só restaram uma senhora e um senhor bastante mais velho, ambos de aparência muito modesta, sentados um de frente para o outro.

Não costumo julgar ninguém, muito menos pela precariedade de seus trajes, mas é que ela tinha um modo muito humilde de apertar a bolsa contra o peito, e ele deixava entrever, mesmo sem minuciosa análise, apenas pelo estado lastimoso dos sapatos, uma dignidade, não sem sutil ofensa, feita de alguma indigência. Nessa hora, senti um leve odor de urina, o que estranhei, pois que não há sanitários no metrô portenho.

A luz amarelada da cabine se derramava sobre eles, o que, pelo espaço entre dois assentos em diagonal, eu entrevia como um quadro de doçura incomum. A mancha borrada das luzes de Buenos Aires oscilando na grande janela que havia entre os dois acrescentava triste beleza à composição silenciosa, pungente. Com a calma que havia se instalado no vagão, apesar do rumor contínuo das rodas pesando sobre os trilhos, notei que, depois de algum tempo calados, iniciaram um diálogo curto.

Confesso que tentei decifrar o que diziam, não tanto pelo som, bastante abafado pelas hélices da ventilação, mas observando o movimento dos lábios dela. Eu estava curioso pelo simples motivo de que não tinha mais nada a fazer ali, posto que o trem, naquele instante, avançava por uma parte subterrânea e, portanto, sem paisagem urbana noturna que me distraísse os olhos.

No meu colo, pesava uma sacola com uma velha máquina calculadora. Tratava-se de uma Olivetti elétrica, verde-água, de mesa, produzida na Itália nos anos 60, uma verdadeira joia em pleno funcionamento que eu havia arrematado pela bagatela de dois mil pesos, poucas horas antes, numa feira de antiguidades na Praça Nove de Julho, a caminho de um jantar no Ronconcon seguido de um sorvete na Lado Bueno da Cabalitto, minha mais solitária excentricidade en esta ciudad em meses.

A pose congelada do casal foi delicadamente rompida quando o velho tirou do bolso do paletó e estendeu a ela um dinheiro. Não devia ser muita coisa, pois ela passou pouco tempo contando as dezenas de pesos, notas surradas, como se conferindo, digitando concentrada no papel aquele valor sob a lente de embaciados óculos. Ela, então, dobrou as cédulas e colocou os vinténs no porta-níqueis que, lenta, tirara da bolsa e com a mesma calma recolocara no lugar, atracada ao tórax, como se temendo improvável assalto.

A voz metálica do alto-falante da linha D avisava que a próxima estação, Tucumã, seria a parada final. Atenção, todos devem sair do metrô, verificando se trazem consigo seus pertences, pois a Trenes Argentinos não se responsabilizará por objetos deixados no interior dos vagões. Nessa hora, para o meu espanto e encantamento, a senhora ergueu a blusa, deixando que o homem em frente ficasse por míseros e alumbrados instantes observando seus seios, lindos, sob a perfeita luz que os varria. Um grande silêncio, feito de pasmo ou do mais modesto assombro, escorreu pela cena, como a congelá-la. O sinal sonoro tocou pela segunda vez, e foi quando, apressada, a mulher baixou a blusa, tomou seus pertences e cruzou a porta do vagão, desaparecendo por entre as pilastras da derradeira estação como um obscuro personagem de Dickens.

Com o coração acelerado, mas certamente um pouco menos agitado que o do senhor que ignorava a minha presença a poucas cadeiras dele, na fila oposta, esperei que ele saísse calmamente, ajeitando o chapéu Maidana Corazón de Potro, muy digno, enquanto eu simulava ainda estar ali, distraído e de cabeça baixa, limpando as teclas brancas da minha Elettrosumma 22, na qual não posso escrever esta história.

LUCY_

"O diabo na rua, no meio do redemoinho..."

(JGR)

O Sem-olho me espia da esquina. Há tempos, anda pelo bairro o Coisa-Má, rondando, rodando Capiroto meu quarteirão. Eu sei. Que-Diga traz para mim um convite de outro mundo. Está no bolso de sua capa fosca, bem junto da cigarreira breve, estou sabendo. É a folha amarelo-surrado do contrato antigo de eu menino, desejosinho e incauto. Está lá, sob o cetim vermelho do forro, preenchida com letra garrancho, assinada, agora batucada pela unha grande do Treciziano. É minha pendenga com o Tinhoso. Já estava escrito. E só escapo dessa como papa de urubu. Só não faço ideia de quem, de que assistente do Dião, e a que preço, teria fornecido ao representante da sombra meu novo endereço.

O Cramunhão é paciente. Aguarda quieto, mas não sem sofreguidão, o momento em que salto do portão para calçada com meu cão. Sabe que o bicho precisa dessa ronda no lusco-fusco pra modo de suas necessidades. Noto de soslaio, pela brasa de seu apito, que o Mal-Encarado acende um pito, fumo Danador como ele mesmo. No momento exato em que me abaixo para recolher as fezes de meu animal espalhadas na calçada, é que me certifico, sob a nuvem da baforada: é o Muitos-Beiços, sim, olhando como um médico especialista para o relógio e para mim, alternada e pausadamente, assoprando pro alto a fumaça escura que baixa como que tragada pelos pés do austero Grão-Cão, negra nuvem cor de asa de corvo, estridente e silente, como esse frio de repente entre as costelas da gente.

Olho em volta, procuro dar ao Trincha-Mãe outras escolhas na cidade grande. Sei lá, um distraído assaltado, velhota fora da faixa de pedestres, marido traído no parapeito, mendigo bêbado de humilhação, criança lambendo sarjeta, velho beijando lona, todos prontos pro tiro no peito da lâmina cronometrada da foice desse cobrador soturno. Mas, nada. Eu bem sei que é comigo a coisa do Azinhavre. O céu escurece de vez. Volto à casa arisco, sem dar ao Drão o mole de olhá-lo de novo. Ele está lá, mas me concentro na função: nada de cruzar olho com o Zarolho.

Aqui dentro, protegido, apresso-me à escrivaninha. Tenho muito pouco tempo. Despejo sobre ela o cartapácio que tiro da estante. Tem o pó de séculos encadernado em couro, costurado com fio de ouro. O livro, que não pode ser levado numa só mão, saiu-me bem caro em outra negociação. Passo pela janela, miro a fresta do brim, batata. Lá está o Faca-Fria, parado na encruzilhada, ele, sua impavidez asfaltada de agiota e o vento que estremece as folhas exageradas da castanheira.

Chego de volta à mesa. Folheio apressado o pai dos capadócios, o volume cheira à Inquisição. Busco ali seu profano nome em vão. Torno à porta de entrada, confiro o tramelão. O Que-Não-Ri tem de seus truques, os que aprendeu nas trevas, e a mim.

Miro e vejo pela veneziana: agora o Muito-Sério pede fogo a um jovem cabeludo que passa lá fora. Sei que é o Rasga-Embaixo, porque ninguém mais conseguiria fumar nesta chuva cortante.

Sei que é o Bodão-Preto, mas ele seria o último a pedir fogo a alguém neste mundo. Ele queimaria é o cara vivo, esse Exu é enxugado.

Procuro no armário um agasalho bem quente, anticalafrio, antinegociação, antijudiação. Debruço-me de volta sobre o volume antigo, encapado capadura como o sobretudo do Que-Diz. Na tábua de folhas, tento descobrir o nome certo desse Fancho-Bode, infeliz. A poeira do miolo tremeluz. Anseia na vela um Demo bruxuleado recôndito aqui em algum lugar da letraria. Preciso encontrá-lo antes de ele a mim.

A garrafa vazia está ao lado, só esperando que eu a encha, que eu o ache feito palavra ruim, o coiso. Mas qual será ela? Vou pegá-lo por seu nome certo, seu desígnio designador do que não sei, mas de que desconfio muito bem. E, justamente por não ser exato, é que me escapa a todo tempo esse chamamento com que ali prenderei o tal pândego. O Ele vai se haver comigo, Anhangão, tentador dos infernos. Está bem rolhada a boca, sabugo novo, com banha e tudo. O Tranjão, se quiser vir, que venha, Quidiga. Acharei seu nome.

O candeeiro varre grosso a página de meu livro. No cortinado, as sombras parecem seres vagando ao mando do Morcegão que está lá fora, à minha imagem e semelhança, a de ser homem sem ser homem. O Mefistofamélico sabe que estou aqui, atrás da palavra exata, a que nomeie esse Carocho Que-Não-Fala no papel-bíblia. Depois que o achar no léxico, taparei o Sestroso e sua baba de redemoinho dentro do vidro. E ele vai morar ali, ah, se vai, oxalá como página emoldurada em vidro curvo no mais turvo e no parasempremente.

Vou tateando o brancamarelo apergaminhado do feixe encartado que viro em frenesi, mas, por entre as colunas de letras miúdas, o Sempre-Sério se ensaboa, vaza e foge da ponta de meu rifle indicador como o Dianho da cruz. Vejo que o Extremoso chefe da retórica não brinca mais comigo, pois já ouço pancadas vermelhas na porta: Diacho, acho que é o Coxo.

Apresso-me na procura desse Um-Que--Não-Existe na tipografia movente de meu Caldas Aulete. O tristonho Pai-do-Mal insiste nas batidas, tem seu cavalo belzebu arriado à minha porta, notei pelo entrepano e pelo arrastar claudicante de sua bota. E, na jabiraca, leva seu acerto tisnando fogo da conta que traz fiada comigo há cinco décadas em caderneta roxa, colada acesa no umbigo, feito doença de ciúme.

Barzabu, Manfarro, Satanás, como saber o nome do Tendeiro que me esmurra a entrada? Sinto seu bafo de chifre queimado no chão da sala. No sem tempo, desespero-me na agonia de prender as letras do nome do Maligno em minha garrafa âmbar de Biotônico Fontoura. O cujo careca sabe que meu tempo se esgota é derretendo pelo vernáculo. E já solta sua gargalhada estridente de Exu-Danado, prestes a me invadir casa adentro, eu afora.

Demo, Demonião, Demônio, viro as folhas em arco, não sei ao certo o nome desse Pai-da-Mentira, Cobreiro-Roncador fuçando o buraco de minha fechadura, arre, faustiana criatura em meu encalço. Já ouço o ranger amedrontado das dobradiças se rendendo curvadas à carniça desse Falso-Caixeiro, a tramela nem faz cheiro, porque o Sempre-Sério não precisa arrombar nada, que inferno não tem porteira, só o grande portal do fogo sujo e sem volta do cadafalso.

O Severo-Mor põe a mão em meu ombro. Sei que é o Anjo-Negro-Decaído pela ardência quente que se derrama aqui na base de meu pescoço, entre a orelha e a saboneteira. Não me disporei à sua espora enquanto puder desviar meu binóculo do monóculo do Coisa-Feita. Morro aos poucos no sem tempo, ainda tenho, uma mão no volume, a outra na garrafa, uma última página do tomo a folhear, quem sabe dela tire sua desgraçada graça direto do discricionário pro escuro humílimo de meu arrolhado vidro.

Guiado por uma mancha de vinho antigo espirrada numa página sem número de meu catatau, vejo enfim a palavra que diz e desdiz do Oculto. Sim, é com essa que o arranco daqui e pago quanto quer que custe minha dívida de menino pinta-brava com o Diogo:

— Capeta! — praguejo-lhe, lendo enfezado, num grito lancinante. As veias saltam-me arrepiadas do pescoço. E atiro cada sílaba sobre o Satã de vincado rosto.

Mas, a despeito do alvoroço, nada acontece. E, de um repentino silêncio, suado frio, lamento a última desfolegada lança, perdida dança, resigno-me à derradeira besuntada resina, lamentando a desonrosa, minha iletrada sina:

— Diabo... então não era essa?!

E eis que, não eu, mas o Tibes-Tentador desencarna, vira fumaça de enxofre e escorre ligeiro, pro susto meu e o do cachorro, tragado pela gárgula marrom de meu xarope, ao contrário de um jorro, jaz, devidamente arrolhado. Teje preso, Coisa-Ruim!

MARINHO_

A EX-MULHER do conquiliologista estava furiosa com ele. Disse que vai escrever um livro, *O falso herói da capa vermelha*, para esquadrinhar os detalhes sórdidos da separação e expor a face realística, segundo ela, "negra", do colecionador a quem apelidou de "falecido". Tentei abstrair o racismo explícito de sua colocação e adentrei o imóvel exposto para venda. Na verdade, eu não ia comprar imóvel algum. Mas é que tenho amiga corretora que, por conhecer minha vida socioliterária secreta, indica-me, cúmplice de meus sôfregos impulsos voyeurísticos, locações inspiradoras, digamos assim, para possíveis romances policiais. Logo

na entrada, vi que o faro de minha "agente imobiliária" estava apurado.

Durante a visita, a proprietária me segredou que ainda tem em mente outros dois tomos, em que prevê estrondos editoriais: *Eu e elas*, sobre como andam abusadas "essas empregadas domésticas de hoje em dia", e *Eu e eles*, sobre como está difícil arranjar um "homem-homem" por estas plagas. Altíssima ajuda, imaginei na hora, mudo, chegando à janela, olhando lá embaixo e, depois, pelos olhos ainda felizes dos porta-retratos sobre a cômoda, ouvindo os detalhes dos auspiciosos planos literários da locatária.

Pensei em alertá-la quanto ao fato de a literatura não combinar muito bem com ressentimentos e dizer-lhe, en passant, que o "falso" no título vinha a configurar um spoiler, sendo que soaria melhor apenas *O herói da capa vermelha* mesmo, pois, desse modo, ela só revelaria ao final o monstro canalha de sibilinos corais vivos em grandes aquários ainda espalhados por toda a casa. Mas desisti assim que comecei a notar a beleza daquelas piscinas ornamentais dispostas pelas paredes.

O escritório, todo azul, parecia submerso. Engastada numa estante solene, de parede inteira, ia uma caixa descomunal de vidro acesa com neon. Parei ali com os olhos pregados, encantados com os peixes ornamentais, algas, polvos e crustáceos multicores do falecido. Na gama elétrica dos cardinais beijadores, dos peixes-palhaço e dos guppys, a dona me explicou que o ex retornaria em breve para levar seus mares nunca dantes navegados, por ora deixados para trás. Um dos peixes, achei-o especialmente exótico; mas, nessa hora, ela me explicou que se tratava de um termômetro que mantinha as rochas bordadas do falso mergulhador de apartamento na temperatura exata para não escurecerem.

Em minha cabeça, rodava essa mistura de Don Juan com Netuno, enquanto eu ouvia a mulher desancá-lo como desvirginador de sereias dos bairros nobres, como habitante do fundo do fundo mais escuro dos mares de lama, entre outros criativos epítetos. Fui quase obrigado a perceber que havia evidentes e prepotentes conexões de posse entre os dois eus dos títulos imaginados por ela — *Eu e elas, Eu e eles* —, mas cuidei para não deixar imprudentes rastros de minha secreta identidade de escritor sequestrador de histórias alheias, sob pena de ser apanhado em flagrante delito naquele sofisticado e triste bazar de separação subaquática.

No cômodo subsequente — eu havia entrado pela área de serviço —, fiquei ainda mais fascinado com o extraordinário brilho de outra delicada vitrine iluminada, jamais vista em aquários de portentosas enseadas caribenhas. Ali estava, pasmei-me, seco, um magnífico altar de corais e conchas que o antigo cônjuge havia deixado no centro da sala de jantar. Cuidadosamente espalhados pela casa, iam vestígios mui rendilhados, milenares, policromos. E a mulher atrás, sempre imprecando contra o casamento, que o marido não a deixava respirar etc.

Ao final da riquíssima visita ao imóvel posto à venda, confesso que fiquei curioso quanto ao paradoxo do mergulhador da capa vermelha, esse peixe beta burguês, roçando o tecido de sua sedução no trabalhado relevo do fundo da pequena baía de corais que construíra dentro do apartamento. Comentei, então, de passagem, deixando entrever perigosamente o escritor:

— Boa sorte com a edição dos livros! — Ao que ela, raivosa, anunciou:

— Sim, mas antes vou dar um Vidrex com Veja Multiuso para a empregada destruir tudo isso que está aí!

MARIA_

NA ENTRADA, portas pesadas. Duas folhas de madeira de lei talhadas em almofadas neo qualquer coisa. Os vidros por detrás das pequenas grades geométricas, espécie de escotilha dentro da porta, são dois olhos mágicos, atentos, dois guichês de atendimento e correspondência. Sapatos limpos, mas Maria é instada a deixá-los do lado de fora, junto do capacho.

Vencido o imenso portal, o vestíbulo. Duas, quatro paredes, Maria. À direita, dois espelhos lado a lado, em molduras ovaladas, refletem a face em frente, que contém um terceiro ovo: pai e mãe. Com o tempo, dois avós, bisavós, visavós, no vórtice da rigorosa composição familiar, matriarcal nos afetos, patriarcal nos costumes. No lugar dos rostos, Maria vê dois rombos de papel incendiado e se assusta. Muda o foco.

Maria não pode adentrar a casa, a sala de visitas. Maria é apenas uma mulher intermediária, vestibular. Mas, pelas gretas do biombo em sanfona, avista lá dentro uma mesa e muitas cadeiras com altíssimo espaldar. Há várias portas em volta dessa mesa, como no salão interno de um pesadelo recorrente. Quase não há luz na solenidade de cortinas pregueadas de veludo e tafetá que emolduram o piano entre duas janelas.

Um passo para trás, e Maria ocupa precisamente o eixo daquele vestíbulo. Refletido no lago vertical de seus vidros, ela logo identifica o canapé em que não ousa se assentar. Ferraduras, caçambas, marinhas a óleo, tudo sempre aos pares flutua em torno dela. Vê um cinzeiro-abajur, uma pequena escultura de marfim de uma moça jovem, muito branca, pesando sobre o aparador torneado de volutas. De um lado dele um vaso nobre, do outro, um porta-guarda-chuvas. No canto, há uma escarradeira de areia, próxima a um cabideiro solene, portando lenço, bengala e sobretudo. O que indica haver alguém em casa. Os dedos de um par de luvas querendo saltar de bolsos recentes indicam a Maria que talvez tenham visita.

Ao lado do retrato oval, a fotografia da fazenda em sépia pinta de outrora o gado, a pose dos parentes há muito já mortos, improváveis, tão remotos quanto aquelas terras. Na contraluz do sol que vaza pelas aberturas da porta e pisa a soleira daquele hall de entrada, Maria percorre os vestígios de uma longa história de tradição familiar. Em um dos ganchos trabalhados nas três partes fixas do biombo, uma pena breve, esquecida, destacando-se amarela na aba de um chapéu. Aquilo dá à cena uma leveza importante. Sentindo alguma falta de ar, Maria se agarra com os olhos àquela pena.

Como se estivesse naufragada, jogando no ventre de uma baleia, a cabeça de Maria vê rodarem todos os objetos daquele recinto sobre a confusa estampa de flor-de-lis do papel de parede. Ela está no eixo de um lustre de velas eletrificadas que amarelam e tremulam toda a cena, passando sombras velozes, como num cinematógrafo.

Maria vê suas meias sobre o gobelino do tapete, que figura uma paisagem. E sente-se flutuar sobre o pó de um passado distante e ruim. Dá-se a arder nela um remorso, uma impossibilidade nauseante de raciocínio que, em círculo vicioso, a impede de descrever o severo e sufocante incômodo que a acomete. — Prefiro esperar no jardim — diz à governanta, calçando de volta os sapatos no granito da soleira.

RENATA_

Morena clarinha como a mãe, o nariz tirado ao pai. Da tia, leva algumas sardas e um ligeiro avoamento. A covinha no queixo é do lado dos Mendes. Mas os braços caídos, colados ao corpo enquanto anda, não negam os tios Nogueira.

Nunca tinha sido usado aquele aparelho de jantar. Exceto uma vez, quando da visita do conde, sei lá eu que conde, mas imagino o ar denso, tenso de apreensão e sequilhos a que aquela louça obrigava. Não havia ritual litúrgico, figurino, cenografia nem texto que desse conta do rigor de um conjunto como aquele. Ficou para a filha o aparelho completo que, intocável, cruzou décadas na cristaleira.

Os olhos de cachorrinho são da avó Lindalva, esculpidos em carrara. E até mesmo o retrato do avô, assim, parietal, marca um pouquinho o jeito sisudo daquela que, sem notar, carrega consigo um fervor que lhe percorre as veias, sem nunca ter vivido nem mesmo ao longe sabido do terrível caso de abuso vivido pelos bisavós que em seu sangue corre agora e jamais será abolido.

Depois, o conjunto foi parar na casa da neta, que, sem filhos, usou-o para valer na copa e na cozinha, sem cerimônia alguma. Mas eram tantas caixas de louças, cheias de faisões e aves do paraíso ciscando entre nobres franceses do dezoito e seu azul com protocolo de tão pouco uso, um prato, uma xícara (de que mais precisa uma pessoa?) que a moça teve uma ideia delicada e fina: foi fazendo sumirem xícaras, potes, pratinhos com frutos coloridos, dando-os de presente, individualmente, em aniversários, visitas, natais.

A moça de há séculos aloca no poço a louça, a roupa, a canção. O mouco passa em silêncio no balanço da carroça e nem olha para ela. Não vê que há em seu corpo um destino ancestral vazando pelo olhar. É quase infeliz, Renata, mas nela é flagrante um certo jeito de parar e ficar, o queixo recostado no dorso da mão, um quebrado na cintura, os olhos congelados mirando o nada, o pensamento disperso, longe, longe. Exatamente como via sua mãe fazer, sendo que nada disso vê em si.

A mulher adorava semear seus mimos, um por vez, pulverizando todo o jogo original, desmembrando-o em objetos de decoração avulsos, embalados numas caixinhas revestidas de pano e laço de seda, um cartão dobrado, um guardanapo bordado, outro escrito à mão. Um a um, a agora senhora Renata foi presenteando as cento e trinta e oito peças do conjunto em pacotes de celofane barato, elaborados às vezes com areia, noutras com lascas de tronco, ikebana.

Renata acorda no meio da noite, vai caminhando no escuro, tateando as paredes até o banheiro, sente o mundo como a própria mãe, arrasta-se um pouco trôpega, a sua artrite em potência guardada na espuma das pantufas, em paz. Há noites em que dorme feito pedra, depois acorda disposta, mas fica parada, pensando em nada, como fazia o avô Cláudio.

Sobrou só essa sopeira oval, que ela, já velhinha, muitos anos depois deixou para mim numa caixa de sapatos revestida de papel fantasia, com um bilhete todo desenhado, se desculpando: "Tinha uma concha de louça, graciosa, que não deu jeito de colar".

Previsíveis manifestações constitutivas da genética correm perdidas, não rastreáveis nas louças de sua pessoa, na precisão matemática de acasos acumulados desde os primórdios, no destino brincalhão das estatísticas, o famoso Deus rindo de nossos planos feitos... Talvez tudo isso que lhe ocorre sejam apenas formas dispersas de saudade, coisa que sentimos, sem saber, com o corpo todo.

WESLEY_

O SUJEITO desce de skate a avenida Sumaré enquanto tecla mensagens ao celular. Na manobra, tira tinta de uma patinete que passava e, quando se cruzam, ele sorri contra o sol. Queria ter uma máquina fotográfica aqui, pensou Wesley. Está represado no semáforo da Brasil, à sua frente vai um batalhão de entregadores, um menino equilibrando balas e chicletes no espelho lateral à velocidade de dezoito carros por trinta segundos, ajude-me com R$dois de um lado, deus te dê em dobro, decerto R$quatro, do outro, enquanto uma dona esguicha sabão com espuma nos para-brisas com um pano imundo e chantagista em riste, sob o protesto dos motoristas que buzinam, balançando o indicador. Na esquina, um mímico descansa congelado em branco e preto, enquanto uma bola de vidro flutua sobre o seu coração. Conversa sem palavra com o inacreditável homem-varal, um sujeito que vem andando dependurado desde o cabelo de plugs, gadgets, cabos, tomadas e adaptadores de todo tipo. Wesley mesmo nem pisca, segurando o volante e o ritmo alternado do entorno. Uma moça lhe entrega pela janela do passageiro dois studios por andar, visite decorado. Wesley se pergunta por que agora quitinete na Vila Madalena tem esse nome, com quatro vagas e cinco malabares cuspindo fogo cada um, no retrovisor, e uma bailarina loura impressa no folder, fotos meramente ilustrativas.

A cidade, então, começa a girar sua montagem provisória, sua instável gambiarra de lâmpadas, na praça um vaso seco de concreto abriga uma improvável costela-de-adão com comigo-ninguém-pode morrendo. Do outro lado do cruzamento, festa de bairro na rua estreita evento promocional balanço remarcação insana conflito de barracas listradas cadeiras e mesas plásticas corote de armar mercado de pulgas décimo quarto andar edifício Embassador grande queima de gerentes enlouquecidos defesa pessoal krav maga no casarão tapume do prédio de vidro brechó placa de ouro lançamento de um cachorro fazendo xixi no poste grafitado.

Wesley absorto ou hop-hip-notizado com a feira de carros usados bandeirolas boneco de posto saldão no terreno da demolição troca-troca com troco gato elétrico tênis falsificados no capô camisas de time falsificadas cacau show falsificada festa junina em julho tiro no ponto de ônibus madrugada no banco vinte e quatro horas ducha grátis parque de diversões desmontado sobre o capim do circo Górki no campinho gol caído mulher do atirador de facas corrente de ouro palito no dente gritando do caminhão.

O semáforo vai abrir, desfile com flores da banda militar chup-chup pamonha um senhor morto roxo na escadaria descanse em paz mendigo só até sábado bandeira de reis desbotada de carnaval e procissão quaresma boi domingo na folhinha cantoria de missa liquidação imperdível na calçada batalha de alto-falantes aula de violão inglês em oito semanas looping de ambulantes tapete de paraquedas muamba no centro sangue pisado hidrocor na banca do passeio caravana de ofertas malucas vermelho sobre amarelo, Wesley, poxavida, Wesley.

As vozes roucas dos mascates vão sumindo, são trocadas por um crescente de buzinas ao final da rua capas para celulares cabos soldados artigos para festa umbanda descarrego trago de volta seu amor o sol na banca de revista que agora só vende doces e cigarros, jabuticaba no gelo derretendo, fantasias escorrendo na sopa consommé do esgoto a céu aberto, mundo material escolar no armarinho cheiro de peixe podre na pedra água de coco porta do mercado lixo restos moscas mortas escorando o chorume dos sacos pretos corpo caído tudo bem deve ser só bêbado cortejo lento dos assombros de um molequinho sob o sol que já se inclina na tarde aflita e me oferece ingressos com seus olhos espertos, pegar ou largar, para a incrível sessão do agora-agora da sobrevivência.

Wesley tem os cotovelos apoiados no volante, segura o queixo, assiste atônito a tudo aquilo acontecer simultaneamente, as motos tirando um fino da fossa, quando nota um anão de capacete na praça se ajeitando num canhão do ifood estampado de estrelas pronto para ser arremessado por cima do cemitério num voo delivery e cair bem no colo da mulher barbada, que já lhe acena de dentro de um Uber Black na Faria Lima.

Tudo bem. Essa parte Wesley acaba de inventar. Mas, de qualquer jeito, todos temos que tomar um sevirol tarja preta de quatro em quatro horas para, de um modo ou de outro, dar nó no pingo d'água de cada dia para não beijar a lona desta cidade louca.

FELIPA_

FELIPA PASSOU no apartamento do irmão mais velho e tomou emprestada a urna do pai. Queria uma tarde a sós com as cinzas, escolheu uma hora em que o primogênito não estivesse em casa.

Montada em sua bicicleta, a jovem saiu pela cidade com o pó paterno na mochila às costas, visitando alguns lugares a que costumavam ir em família, sempre ouvindo as venturosas promessas de diversão que o pai fazia. Primeiro, passou na igreja, como se pedisse uma bênção à aventura furtada ao devido ritual do luto. Depois foi à feira da Mourato Coelho, dividiu um pastel consigo mesma, justo o sabor preferido do velho. Então, circundou o estádio do Pacaembu, parou no muro da bilheteria e ficou ali longamente, contando vantagem no silêncio ensurdecedor daquela torcida absenteísta.

Antes de passar na porta do colégio, parou no bar do turco. Pediu uma cerveja, que tomou em pé, o pai assentado no balcão. Felipa, com o cotovelo sobre o mármore, olhou para um pôster de time colado atrás da caixa registradora. Falou sozinha, chorou muito de leve, quase não chorou. Tanto que secou discretamente a lágrima reticente no próprio movimento de erguer o copo.

Pagou o turco, que permaneceu de cabeça baixa, paninho no ombro, refazendo as mesmas contas de sempre. Na porta, Felipa ajeitou de novo a urna na garupa da mochila e, juntos, foram ao cemitério, despedir-se de uns parentes chegados e mesmo de outros, mais distantes. Visitaram principal e solenemente a lápide da avó morta fazia poucos anos. Secretamente, e ao contrário do que combinara consigo mesma em insuspeitável arranjo, Felipa espargiu o punhado de cinzas do pai que caíra no fundo da mochila sobre o granito da mãe que, por estar ainda úmido de uma chuva muito fina, tudo absorveu. Felipa surpreendeu-se com o tom muito branco das cinzas do pai entre seus dedos, sob as unhas, a pele, tudo.

A tarde avançava, foram à praça do pôr do sol, assistiram juntos ao dia ir cedendo, aos poucos e inevitavelmente, às insinuações soturnas da noite. A cidade tinha o coração na boca, Felipa passou ofegante pela ladeira que se impusera. Era uma prova, não, não era. Felipa não tinha braços nem pernas nem ar. Mas subiu. O último trecho foi a pé, ao lado da bike.

O sol nada mais consumia com sua luz quase horizontal e, antes que o irmão chegasse do trabalho, Felipa deixou de volta o pai, unânime, sobre o tampo de carrara da cômoda, na sala de visitas. Notou que, no tapete, deixara um leve rastro de resíduos que talvez a denunciasse. Talvez não.

Ela desceu pelas escadas mesmo e alcançou a rua sem encontrar ninguém. Ajeitou a mochila vazia nos ombros e estranhou-a assim, tão recheada de ausência. De pé sobre os pedais, Felipa costura o trânsito pelo estreito vão de tempo que vai por entre os carros. Equilibrada sobre os aros finos e instáveis das rodas, solitária e sem trilho, Felipa se aperta, não cabe em parte alguma. Avança, no sem sentido da avenida Sumaré, na direção de sua noite mais difícil.

ELIETE_

VOCÊ ESTÁ muito bem, ele disse. Eu já estava tomando aquilo como elogio, quando ele completou... para sua idade. Agora, eu pergunto, precisava desse complemento bobo? Seria melhor já dizer logo, por fora bela viola, por dentro pão bolorento! Mas, não. Tem gente com espírito de porco, não sabe, não consegue elogiar direito!

O elogio, é preciso viver o elogio até o fim, que assim ele fica mais sincerão. Agora deram de me chamar de bonitona. Alto lá! Bonitona é feia arrumadona, um adjetivo com força desproporcional, como diz o Arnaldo. Custa me chamar de bonita e só? Ô, bonita! Pronto. Mas, não. Às vezes, o que parece um elogio rasga o peito da gente por ser muito pouco abonador, abanador, sei lá... Por exemplo, outro dia me chamaram de "forte". Meu deus, como pode ser isso? Soou como uma praga, um vitupério, como é que chama, passivo-agressivo, né?

Uma amiga queria me colocar no Tinder. Disse que iria colocar minha idade como dez anos a menos, senão só iam me aparecer velhos, velhotes, velhinhos. Desanimei de entrar prum clube em que o primeiro atributo é saber mentir. Mas é assim a vida, Eliete, toda feita de aparências, larga mão de ser boba, a tal amiga se justificou. Aí eu ia dizer que preferia ficar em paz, mesmo que sozinha, que eu não me deixaria corromper por essas coisas, mas, no final, na base da brincadeira, deixei. Mais para entrar no jogo mesmo.

Fiquei virando aquele cardápio de carnes com o dedo, me deu um trem ruim, daqui a pouco vou tatuar um código de barras na coxa, pensei. Aí, chegou uma hora, eu vi que aquilo não era para mim: não conseguia não pensar na história que certamente estava por trás dos olhos de cada um ali, então desliguei aquilo. Tava me fazendo mal. Agora só vou no pagode, que ninguém julga nem desacata com esses morde e assopra do caralho.

No baile de sábado passado — que não é por aplicativo! —, recebi uma cantada real, no meio da dança. Ele disse que ia me fazer esquecer o Marcelo de uma vez por todas. Quando lhe perguntei que Marcelo, homem, tá lôco?, ele me abriu um sorriso maroto, assim cheio de dentes:

— Viu?, já num tá nem lembrando mais dele! — E seguiu segurando forte a minha cintura, sem elogio nenhum, quieto, só girando.

Na giração, eu tava feliz, muito feliz. Quis até falar, mas também não disse nada, que eu gostei assim, desse jeito assim, sem dizer nada, só de desaforo. No final, ele me olhou firme nos olhos e disse apenas, Eliete.

FIRMINO_

Mas elas sempre me vieram em postas, argumenta Firmino ao analista. Nos cartazes, nas capas de revistas, no catecismo do Zéfiro, desde o meu primeiro baralho erótico de adolescente era assim, um peito, dois peitos, uma bunda, uma boca, uma vagina.

— Compreendo — diz Antônio, esforçando-se para não ultrapassar os limites do profissionalismo. E pontua: — Você precisa aprender a juntar todas essas partes em, digamos, um corpo humano. É muito importante tentar enxergar uma pessoa por inteiro ali, Firmino. Não estou falando de amor, mas de afeto, você precisa compreender que existe uma entidade, um ser ali, diante de você, algo bastante anterior a esses fragmentos erotizados pelos quais você toma as mulheres.

Firmino não faz ideia de como operar a esquartejada figura feminina em seu campo de experiências relacionais. Na saída da sessão, mal tirado a desconstruidão, como gosta de se autodefinir, Firmino congrega-se bem-humorado com os amigos do bar do Onça, e com isso faz com que ninguém perceba o real tormento por que passa o corretor de imóveis, já em seu quinto casamento.

— Mas por que você vai deixar a Norma, Firmino?! Uma mulher como aquela, perfeita, qual é o problema agora, criatura? — pergunta, retoricamente, um dos cinco do Onça, que tem de ouvir: — De fato, ela é perfeita, Rubão, o único problema dela é ser sempre a mesma! — o que mais confunde e entretém do que propriamente indigna os amigos.

Na sessão seguinte, lá está Antônio de novo, percebendo o paciente sempre voltando ao grau zero do trabalho de desatomização do corpo do mito, entre ninfas e bacantes. A recaída não raro ocorre quando Firmino encontra a tal turma do beco, todos cinquentões mais ou menos com o mesmo diagnóstico de machismo geracional endêmico, com variações mais ou menos graves de caso a caso.

Mas Firmino ainda pode ter jeito, consola-se o psicanalista, com mais vontade do que razão, insistindo que a raiz de todas as suas frustrações se situa mais ou menos em torno daquela disfunção grave de percepção do corpo feminino, da alma feminina. Por seu turno, triste e a cada ano mais angustiado, Firmino sente-se irreal no mundo, como aqueles mortos que se mandam fotografar para depois lhes pintarem os olhos num último registro que não fora possível em vida. Sente-se um homem sem história alguma por detrás de um espelho despedaçado, a quem é interditada a visão do todo.

Terminada uma sessão, Antônio vai até a janela para fumar e vê Firmino lá embaixo, do outro lado da rua. Nota que o paciente está o tempo todo colado numa banca de revistas, correndo os olhos pelos destaques dos jornais expostos. Está de terno o inquieto Firmino, que retira o celular do bolso e talvez esteja consultando ali a cotação de algum real state, talvez retornando algum recado. Antônio figura-lhe, enquanto não dá a hora da consulta, a dificuldade do paciente em não se desprender do plexo branco, da confusa fumaça-ideia que costuma lhe subir ao pensamento, como quando formulou um dia ao analista: — E se surgisse alguém agora, talvez, já sabendo do meu diagnóstico, e eu pudesse tomar esse alguém de modo completo, desde o início, por inteiro, acha que isso é possível, Antônio?

Antônio está entregue ao seu voyeurismo reflexivo, absorto na fumaça que sobe de seu cigarro quando nota que, ao atravessar a rua, Firmino tropeça na sinalização existente no asfalto, fora da faixa, no meio da avenida.

"Há certa beleza num tropicão", pensa. Basta um passo mal calculado e um desequilíbrio dinâmico súbito se avoluma, como se perdêssemos sem aviso prévio o manejo instintivo do mundo. Então, no tempo trançado desse breve descompasso, o vulto todo salta do chão, entra num filme em que se é simultaneamente diretor, dublê, ator principal, continuísta desatento e desastrado coreógrafo. Em busca de dignidade, uma comédia em câmera lenta se instala. O corpo se desorganiza por inteiro, e o caos se instala no gesto. De pronto, as costas se projetam para a frente, tentando retomar a estabilidade do eixo. As pernas, que, por algum agente externo, no solo foram travadas de seu ritmo, agora se espaçam; os pés, atirados no nada por desconhecida alavanca, tentam recompor a naturalidade numa dança sem ritmo algum; as mãos, espalmadas, arremessam-se defensivas ao chão, que se aproxima dramático, áspero, impiedoso.

O rosto se avermelha em alerta e apavora toda a figura em decaído transe, os olhos se arregalam, buscam uma coordenada feito um avião à deriva no céu, atingido na asa por um míssil. E, ex machina, o deus dos bêbados e das crianças entra em cena, misericordioso, ó frágil mecanismo a todo vapor tentando não descarrilar, ó carcaça de criatura se contorcendo feito ostra numa concha, ó desequilíbrio cambiante da mais instável propriocepção, recobrai-vos nos três ou quatro passos seguintes! Pronto.

Já fora de perigo, o pedestre abatido mostra, ainda oscilante, que irá se recompor nos devidos trilhos da calçada. Em seguida, fora de perigo, mas ainda não totalmente estável, o sujeito rapidamente limpará, ofegante, mas fingindo distração, uma inexistente poeira no ombro esquerdo, ajeitará a camisa ou coçará o joelho direito, na tentativa concentrada de recuperar, numa sequência meio blasé, a respiração. E, claro, alguma dignidade que porventura ainda lhe tenha sobrado. Então, fingindo certa tosse reticente, olhará de um lado para o outro como quem busca um táxi e, tentando ao máximo se desapegar da pedra em que tropeçou, corrigirá o passo e seguirá em frente. No mesmo ritmo em que vinha antes.

LANA_

ONTEM, QUANDO eu disse que te amava, no instante em que terminei de proferir a palavra "amo", vi o desapontamento em teus olhos e soube, ali. Senti um leve esgar no pescoço e, bem naquela hora, um dos dedos de meu pé esquerdo me repuxou o couro do sapato. Na vertigem, tive vontade de escapar pela janela, saltar o muro, desaparecer na noite. Mas só fiz encurvar-me lentamente em minha contrição, saindo meio de lado, os olhos esbugalhados notando que escamas já se precipitavam do dorso de minha mão, os metacarpos se espichando, virando pata. E nem posso dizer que me assustei.

A respiração foi se espessando, apesar das fuças já providencialmente se abrindo. Pressenti os efeitos colaterais da traição de tão bela amizade. E logo tentei consertar, lembras? Disse que era só um mal-estar seguido de cãibra. Mas era muito clara, muito bem refletida nos teus olhos, ali, certificada na tua retina, a quebra covarde de nosso pacto de cristal tão fino. Almas feridas, a tua e a minha.

A casa rodava, oscilava seus cômodos em torno do meu grande engano, e aqui talvez eu já fosse mesmo um lagarto correndo do marrom para o verde, uma iguana e seu papo áspero furta-cor, não pude me certificar. Disparei da sala para o banheiro. Notei, então, meu rabo se enroscando no cortinado do chuveiro, puxando o suporte com força, derrubando no mármore do chão tudo o que ia sobre a bancada.

Praguejei, desesperado, o fato de as palavras não poderem voltar para dentro de minha enorme boca. E nossa fraternal e traída cumplicidade veio manchando o tapete desde a entrada. Tudo arruinado, e eu virava um bicho, animal estranho, híbrido, de espécie não catalogável. Pela avidez com que abri a água da banheira, talvez tenha virado peixe, meio réptil, meio erro, meio anfíbio gelado, daqueles que piscam lentamente. Teus olhos aflitos me passaram de novo pelo pensamento, e logo me afundei. Meus braços eram guelras desbravando lágrimas dissolvidas na água do banho, entre cacos de vidro, perfume barato e uns veios rajados de sangue.

Pele em crosta, garras, presas vêm nascendo em mim desde então, de modo muito rápido e definitivo, dragão-de-komodo, camaleão semiaquático em pedra de terrário, paisagem de estepe colada ao fundo, não sei. Talvez um calango sob o lajedo, um que cruza o deserto da casa sozinho, gira o globo ocular em cento e oitenta graus e, cinza sob a luz fluorescente, estático, mas com língua ágil e desastrada, captura em seu chicote uma mosca parada no azulejo.

Ontem, quando eu disse que te amava, o tempo se dobrou como um relógio de papel se verga numa dimensão em que só enxergamos do outro sua forma pura, mais que perfeita de amar. Corro agora nesse difícil paralelo, assustado na camada temporal de bicho em que me encontro, no calabouço mais frio e sanitário que existe.

AUGUSTO_

QUANDO FICOU bem velhinho, nosso pai foi virando lenha. A pele engrossou, uns veios nos troncos das coxas e braços se abriram em poros ásperos. Chegava em casa vindo da lavoura e parecia um feixe magro de gravetos a descer do lombo da montaria, amarrado pelo cordão das calças. De modo que pouca gente deu pela transformação. Seus braços e suas pernas cresciam de modo esguio mas discreto. Com o tempo, firme e à luz do fim do dia, já se notava como se formavam nele os troncos que ele queimava no fogão a lenha, aquecendo-nos a casa, esquentando-nos a janta.

Durante a noite, os dedos das suas mãos aparadas descansados se refaziam perfeitos, em forma de brotos verdinhos e, pela manhã, os dos pés também se abriam, como pequenas raízes frescas à procura do dia. Assim, por muitos anos, nosso pai foi vivendo o seu restinho, como gostava de dizer, plantando nosso sustento ao sol, cuidando do nosso abrigo sob as estrelas e chegando, em suas palavras, com a cerca no córrego difícil da vida.

Certa manhã, nosso pai notou, não sem algum susto, que de suas omoplatas e de parte do seu peito também tinham nascido mais três braços. Finos, mas resistentes e viçosos, o que o obrigou a abrir mais furos na camisa. Suas pernas começaram a engrossar mais e criar cascas, sendo que um dia o tiramos de um charco de arroz em que ele distraído chafurdara, semeado no coração da tarde.

Depois disso, sob a marca tangida ao ferro dessa vontade tão natural, reunimos todos os irmãos em torno da fogueira de chão que havia no terreiro lá de casa. Era um fim de tarde de sábado e, riscando o barro com uma estilha, traçamos de plantar o velho de uma vez, na beira do rio, ao pé da serra, ter um lugar para aterrá-lo. Sem discussão, ele sorriu, parecia aliviado. E agradeceu nosso plano. Mal o sol de domingo apontou no cocuruto do morro, ele acordou e disse: a coisa é essa. E pôs-se a encontrar numa curva bonita da enseada um lugar para repousar seu corpo velho, cansado, fincado de vez na barra do tempo.

Agora, todo dia notamos, daqui de onde o vemos ao longe, que cordial, sábio ou agradecido, o jenipapeiro Augusto se encurva cada dia mais um pouquinho na direção de tocar a água, onde seus frutos caem perfumados, mantendo-se frescos para as aves, os peixes e os outros bichos que frequentam a beira-rio, ou para nossas compotas.

JORGE_

VIAJA SOBRE trilhos. Está junto à janela certa, como pensou, aquela em que o sol esquenta o insuportável ar frio do vagão. Sente-se bem. Avista compacta e maciça a grande calha dupla de ferro curvando-se na perspectiva, o que lhe folga os sentidos. Além disso, os módulos de encaixe do aço nos dormentes, batendo em ritmo de moinho sob as rodas, o confortam. No trem, tudo parece estar em seu lugar no mundo, tudo ganha por um instante o destino seguro dos começos, tempo em que as coisas ainda apresentavam algum espanto, fúria, futuro. Daquela cabine, tudo parece ancorado em seu lugar devido: os seres queridos, as casas, as ruas da cidade, tudo aguarda sua vez. Bruto, o continente se rasga a essa dócil locomotiva, que prossegue maquinalmente e em tudo confia.

Pensa nos pais, que rondam noventa anos de idade. Juntos, imagina, bodas de prata, bodas de ouro, bodas de diamantes... Há um tempo em que o tempo já não conta mais. Chega uma hora, as palavras e as coisas tampouco. Tudo se resume a pequenos gestos, breves fonemas, e nem por isso deixa de ser imenso e extremoso, porque tudo, em torno e dentro, toma esse tempo ferroviário em sua humaníssima condição. E, ademais, nada o atingirá agora: ele está dentro de um trem.

Não há pecado nem virtude aparentes nesse estado de amor absoluto, ele sente. O amor total não é frágil nem difícil. Apenas é. Não há dileção nem repulsa em tal estado de harmonia férrea. Nada mais subsiste em tão amorosa plenitude. Seu pensamento não para de rodar na imagem dos pais, solidões que se acompanham, como a desdita de uma fonte que nunca medra. Há um ponto de cruz bordado no linho da toalha deles, na ponta da mesa, que lhes resume a história toda. É uma flor, um bicho, uma casa na montanha, não se sabe ao certo, não se traz exato, o tecido da recordação anda meio puído. Com alguma atenção, no entanto, ainda se percebe uma estradinha entremeada de cercas e porteiras, talvez um rio de nuvens refletidas, ou as crianças, o trem sempre ao fundo.

A mãe parece mais forte, o pai anda muito lentamente. Está esquecido também. E se segura num fio de ilusão que já não há, mas que ele vê, sim, sair das mãos dela como os feixes de luz das gravuras dos santos protetores. Passam as tardes juntos, aguardando. Estão à espera. Adoravelmente paulatinos, seguros como os fragores previsíveis de um trem. As mãos de dorsos manchados e palmas um pouco trêmulas se tocam, frias. Vez ou outra, eles soltam o fio de uma lembrança que se desprende fácil, do nada, dançando como uma paina desaparece na sala. Pesado como uma rês desgarrada, o esquecimento sempre vem à tardinha brincar de ciranda com eles, na luz amiga de uma varanda. À noite, não, à noite só lhes aparecem morcegos atrozes, seres que os inquietam e os atemorizam, assombrando de dúvida e morte o escuro do quarto. A noite é um suplício, túnel terrível na viagem dos velhos.

O pai fala pouco, a mãe não enxerga muito bem. Ela é a voz dele; ele, o guia dela. O casal, que parecia dizer o tempo todo, liberdade e paz, só se for a dois, já não diz mais nada, nem de fé fala mais. Tudo já se cumpriu. O tempo das pregações os libertou. De manhã, a mãe ainda se levanta com alta missão: ser feixe, preparar o peixe. E depois agradecer a Deus pelos dois, por ela e por ele, pelo peixe e pelo feixe, pelo antes e pelo depois: um, do qual já se esqueceu; outro, do qual nada sabe. Em automático espelho, o pai se levanta também, não pensa em nada, nada é garantido, ele sabe, talvez nem nada não exista. E aceita. O trem é uma máquina de pensar o tempo, estômagos, miolos e miúdos, infere o absorto viajante.

Uma paz ritmada toma conta de seu espírito. O rumor das rodas encaixa-se no compasso de seu pulso, e ele segue, confiante, como fosse a soma de todos os que, daqui deste assento, respiraram este trem e viram a vida parada mover-se, de algum modo abrigada no horizonte, ao longe. Da janela, é como se lhe acenassem inquietos pais, confiantes avós, remotos bisavós, trisavós, sobrinhos, tios, tetranetos passando por ele, velozes como bois. A retina alterna seus focos, o do arame da cerca e o da cordilheira vazada por torres de alta-tensão.

Ele nota que as hastes dos fios, tensionados, pulsam em sincronia com a batida instalada em seu tórax quase triste, quase feliz, abrigado dessa respiração vinda do passado, de dentro desse alpendre ambulante de ancestrais que é um trem. E apenas se deixa levar. Sente todos e cada um dos que pulsaram, em suas veias nas manhãs encadeadas de sol e afazeres, para que essa grande máquina ali estivesse, pousada sobre esses trilhos, esses postes, esses postos, essas poltronas, essa teia ligando pessoas que, como seus antepassados, seguiram viagem tão semelhante. E percebe-se vivo assim, naquilo que nele se repete.

A velocidade do verde na passagem das margens vertiginosas é quase branca. Dessa cor, salta um menino esbaforido, meio contente, meio assustado. Parado numa estação antiga, tão distante, coberta de mato, carcomida de ferrugem, saqueada pelo vento, inacreditavelmente de pé, o menino acena para o homem da janela, que logo se lembra daquela viagem de criança, quando mal se deu conta da partida e subitamente acordou no dia seguinte, numa outra cama do destino travesseiro, algures, certeiro, sobre algum lugar da Terra.

PÉRICLES_

PERDE CANETAS. Muitas. E também lapiseiras e óculos de grau e sol pelos lugares dispersos por onde passa em seus distraídos dias. Perde meias como chinelos, e até sapatos perde, nos buracos negros que se abrem incessantemente pelas gretas da nossa casa. Perde até a única coisa possível de se perder numa noite de sono, além do próprio sono: o travesseiro. E às vezes, nesse enrosco, o cobertor e a hora, também perde.

E abandona casacos nos bares, chapéus e guarda-chuvas pelos escritórios que visita com o mesmo modus operandi inconfundível com que sempre faz questão de deixar, na poltrona do cinema, o tíquete do estacionamento. Tudo isso como se planejasse, meticulosamente, assegurando de modo rastreável para o futuro, os vestígios, as pegadas de sua passagem desmembrada por este mundo.

Perde acessórios. Desaparecem-lhe na curva do instante todos os plugues, adaptadores, carregadores, cabos e fones de ouvido dos quais, sem perceber, dá termo mesmo após torturante busca por todas as caixas e gavetas das zonas mortas desse nosso apartamento-purgatório no cinza da cidade de São Paulo, vinte graus. Perde a referência, perde até o são Longuinho que lhe comprei certa ocasião para nos ajudar a refrear um pouco suas incontáveis, incomensuráveis, deslocadas perdas.

De nada adiantou. Ele sempre perde as batalhas que trava com anéis, colares e pulseiras que, a despeito de lhe ficarem, milagrosamente, mãos, pescoço e dedos, o abandonam sempre à solidão e ao desabrigo do mau guardador que ele é, aquele que planta sua distração por onde passa, geralmente premiando pedestres inocentes com brindes diversos, carteira, molho de patuás, tornando os sucedâneos de seus paradeiros em sortudos ladrões.

E onde estarão agora todos os seus despojos perdidos? Plasmados, reunidos certamente numa sala escura, na loja de secos e molhados do limbo de sua esfumaçada figura. Ou estarão por aí, num tribunal de organizadíssimos e impolutos juízes, cheios de provas a atestarem a peremptória culpa e inaptidão de Péricles para o engenho mínimo de portar coisas e bem comportar-se diante da gravidade de seu problema.

Talvez suas partes perdidas em quebracabeça estejam agora num grande e divertido palco-picadeiro, no lado oculto da vida. Muito me confortaria saber que nossos prejuízos estão alegrando crianças no além, encantadas por achados paradoxais, perdidos dele e agora ali, em lírica inutilidade. Quem sabe têm alguma serventia, fazendo-as rir, como uma dentadura sem chuva, um bolso sem xícara, uma peruca careca sem pente, um mapa no exílio, um relógio nas férias, um amor sozinho, tragados por sua própria e intensa imprestabilidade, enfim reencontrada.

Dia desses, perdeu o livro no qual estava mergulhado. Revirou a casa toda até não encontrá-lo de vez. E teve, ao final e de praxe, a mesma certeza que tivera na perda dos outros tomos, igualmente pulverizados na biblioteca de seu imperdível vazio. Mas, na verdade, verdade mesmo, fora ele quem nela havia se perdido, irreversivelmente.

Com o tempo, assumiu essa sua miserável condição de polinizador de objetos no mundo. Assim, com muita desenvoltura e natural conformismo, deixa suas agendas, celulares e chaves pelo caminho para que alguma pessoa estranha possa, enfim, achar novas saídas por si mesma, ou encontrar contatos pessoais emprestados, e se pôr assim, definitivamente, no lugar do outro, mesmo que mero fantasma, atravessando as mesmas paredes da solidão.

Às vezes, penso que essa propensão dele a perder tudo, atomizando as coisas pelo grande túnel do espaço-tempo em que já não se encontra, talvez seja apenas um modo de afirmação involuntária de seu simplório despojamento. Péricles talvez considere demasiados os seus penduricalhos, e nega-os, inconscientemente, perdendo-os em gesto de triunfal liberdade, desapego e abnegação, tudo posto num imenso fragmentador de papéis passados.

Noutras, penso que, qual um Orfeu na cidade, despedaça-se deliberadamente. Quer deixar postas ao longo das suas passagens, partes que ninfa alguma, claro, se dará ao trabalho de procurar ou, menos ainda, de decifrar, mesmo que as encontrassem, na improvável reconstituição do seu corpo de poeta aéreo, absorto, despedaçado pelo labirinto em que já se perdeu por inteiro, sem possibilidade real de resgate. Mas, o que é pior, doutor, nessa fragmentação, leva-me junto dele.

SALVIANO_

No AUGE do sucesso, Salviano gostava de brincar que seu epitáfio seria inexprimível, "algo entre o fim da linha e o ponto final". Foi o jeito bem-humorado que encontrou de admitir-se no emprego um tanto insólito que conseguira, por assim dizer, na bacia das almas, em vista do tenebroso cenário do mercado editorial: o cargo de redator de epitáfios.

A funerária passou a prestar esse serviço depois que um ricaço chegara morto na recepção, representado por um advogado muito vivo, claro. No testamento do falecido, estava reservada uma pequena fortuna para um miniconto que resumisse perfeitamente a excêntrica vida do milionário defunto. Logo, promoveu-se um concurso na homepage da Luz do Caminho.

Entre as propostas que assombraram o site da Luz noite afora, pela manhã plimpou esta uma que Salviano escrevera, meio distraído ainda, desvencilhando-se das cobertas e dos braços de Morfeu: "Foi bom filho, marido zeloso, pai compreensivo. Só não pôde contar consigo mesmo. Mas isso já é uma outra história". A família, consternada, viu-se inteira ali.

Na verdade, Sandoval, o agente funerário, nem gostou tanto desse, achava meio perturbador. Tanto que apresentara à família mais três opções: "Amou o amor mais duro, amou o amor inútil e vão. Amou até como não devia, mas, no fundo, já sabia"; este outro, debochado: "Não levou a vida a sério. Até que um dia, engraçado, teve a sua graça alcançada"; e ainda mais este: "O paletó branco, o cão, a xícara, o cigarro e as ferramentas sobre a bancada ainda o esperam. Injusto que agora aqui jaza, nesta intimidade tão escura, irrigada de vermes". Mas os familiares não tinham mais tempo.

O advogado, sempre esbaforido, resolveu tudo com agilidade. E mandou talhar no ato e no granito o primeiro epitáfio com direitos cedidos por Salviano à Luz, que, satisfeita, ofereceu-lhe emprego fixo na funerária, e ele acabou se tornando um diferencial da empresa no concorrido mercado lutuoso.

O talento de Salviano Flores foi ampliado pela repercussão que o cortejo do milionário teve na mídia. E, em pouco tempo, liam-se pérolas salvianas campos-santos afora, "Aqui jaz não mais que esta laje pétrea e fria, porejando ausência pelo granito. Pela entrelinha, todo o sentido; pela entreletra, aquele grito". O sucesso era tamanho, que seus epitáfios foram traduzidos, aqui e ali, para o latim, o grego e o hebraico, entre outras línguas.

Aos poucos, a obra de Salviano foi se espalhando também por lápides de celebridades, de modo que os cemitérios viraram atração turística. Todos queriam conhecer a obra do famoso redator. Algumas famílias mandavam refazer os jazigos com a pena biográfica curta e precisa, ainda que fúnebre, dos anúncios líricos do agora chamado "poeta das sepulturas".

Salviano tinha um modo próprio de falar da morte, o que lhe resultou um justo reconhecimento. Nas redes sociais, nunca se publicou tanta foto de sepulcrário com legendas como esta: "Foi bom. Por uma tarde, não fora ótimo, mas foi bom. Ainda mais se pensarmos que, por uma noite, nem teria sido". Ou esta outra:

"Segui à risca meu destino, nunca me arrisquei em desatino. Defino e cumpro, cumpro e me defino. Assim, aqui, calmo me fio e fino".

Já se podiam perceber hordas de oficineiros literários pelas estreitas alamedas das necrópoles, anotando os sutis e bem cortados minicontos do escritor, que se transformava, sem nenhuma escola, mas com estilo inconfundível, com jogos de palavras e rimas internas, numa verdadeira febre funeral das narrativas brevíssimas: "Repousa neste pavimento infiltrado de premências lentas, ferruginoso e caramujo, o meu desenho de acaso e lodo, estranho invisitável mapa-múndi sujo".

"Aqui jaz um homem ido, vivido. Tão completamente partido e resolvido, tão plenamente inviável, assim inválido e desvalido, que recebeu dois carimbos coligidos em seu atestado de óbvio." Tanto os críticos literários quanto os mais obliterados em literatura reconheciam o ineditismo irônico-memorialista na obra pétrea de Salviano, pois seus aforismos continham "a natureza sentimental-irônica da morte e o toque metafísico da despedida", conforme escreveu com indiscutível propriedade, num semanário local, um professor de linguística amante dessas letras a se apagarem em pó de pedra.

"Jaz aqui um invertebrado retumbante. Agora puro osso, nunca mais constipado, nunca mais ameaçado ou chantageado, em recesso definitivo da temporada na carne a que veio, bem passado ou a passeio." O negócio ia tão bem que a Luz do Caminho, ampliando o investimento, resolveu criar sua própria revista literária, a Funérea, que trazia, desde as primeiras páginas até o expediente, entre anúncios de jazigos e urnas de alto luxo, cânticos salvianos de louvor a Caronte. O teor publicitário da publicação e seu tom de autoajuda não agradaram tanto aos entendidos de literatura, mas o povo quase morria de ansiedade pelos números insepultos daquele folder do além-túmulo.

"Sob esta porta horizontal sem dobradiça nem maçaneta, de que adiantou todo aquele segredo? De que adiantou ter acordado tão cedo?" Salviano comovia, seduzia, consagrava, consolava e até divertia. Até que foi indo, foi indo, e tudo ficou por isso mesmo. O tempo passou, e o redator de epitáfios não alçou maiores voos na carreira.

Chegou a reunir em livro alguns "Poemáfios & epitemas" no tomo *Campo-Santo*, mas sua profissão, com o tempo, foi enterrada de vez, com todos os calembures possíveis. Ou seja, depois daquela grandíloqua novidade, o redator de epitáfios foi se enfurnando na rotina burocrática da firma e no paletó de madeira do departamento financeiro da funerária se resignou.

Vez ou outra era chamado emergencialmente por algum saudosista de seus epítetos rasteiros, ao rés do mármore frio. A fortuna de Salviano, ao fim e ao cabo, e bem ao contrário do que se esperava, não se tornaria jamais o que ansiávamos por chamar de literatura lapidar. O tempo é senhor de todos os juízos.

O redator de epitáfios, com sua compacta e maciça literatura de chão, deixou-nos dia desses. Não sei se por precaução, modéstia ou superstição, tanto faz agora, para seu túmulo escreveu, caprichoso, e reservou para si este último elogio póstumo: "Veio do escuro, culminou estelar visita aos seus. Depois voltou ao avesso, este lugar feliz em que se escrevem epitáfios espelhados e se come poesia pela raiz".

ALINE_

AMANHÃ VAI ser só um pequeno procedimento ambulatorial, você disse. E continuou, eu fico de repouso à tarde e, no dia seguinte, é "vida que segue", você me garantiu, tão segura, prendendo o longo rabo de cavalo do seu cabelo espesso, sem elástico algum, apenas com a ajuda de uma Bic. Depois, com agilidade e graça, você sorriu, tão bonita no vestido verde, o cocuruto do improvisado coque espetado pela tampinha azul de metileno da caneta esferográfica.

Eu só precisava fazer o cheque. Mais nada. Eu o preenchi na bancada do banheiro e deixei ali mesmo, perto da sua escova de dentes. Depois saí, andando sozinho por aquela madrugada íngreme, no meio da sua rua, sem ter o que pensar, buscando ar, buscando a lua imensa entre os postes, procurando me concentrar na parte "vida que segue" daquilo que você disse, sem poder formular demais o restante.

Lembrei-me de que, no dia do resultado do exame de gravidez (não existia teste de farmácia naquele tempo), eu tinha levado escondido no bolso um sapatinho de crochê amarelo, todo feito à mão. Tinha um delicado cadarçozinho de laço de fita amarela em cada um, para você saber que eu estaria do seu lado, qualquer que fosse a sua escolha.

A gente via a cidade lá embaixo, toda iluminada. Não foi preciso tirar os sapatinhos do bolso. Eu não queria, não sabia se devia, interferir na sua decisão, que, logo percebi, já estava tomada. Eu media cada gesto seu, acordado que fiquei naquela tarde no motel para o qual fomos depois, mais chorando que dormindo, tentando repousar um pouco até o início da noite, antes de voltar para casa.

O dia, inexorável como o sabíamos, renasceu. Bem que tentamos retomar a vida em comum, planos de viagem ao exterior, carreira. Mas o futuro foi dividindo o curso da gente como uma grande ilha fluvial divide o curso de um rio, uma parte para cada lado, um vazio inexplicável tomando conta de tudo. A gente era a ilha, a tal da vida, que seguia.

Então, uma coisa sem nome, invisível e meio quebrada, foi se impregnando ao redor de tudo que dizia respeito à entidade "nós" do casal que formávamos. Até que o ar foi ficando irrespirável, e a água tomou o rumo mais garantido de todos, o natural. De modo que a vida seguiu mesmo. E como seguiu!

Muito, muito tempo se passou até que, dia desses, parei no meio de um cheque que eu estava preenchendo — quem ainda usa cheque, meu deus? — e me dei conta de que a noite anterior tinha sido, com toda certeza, nossa última noite no mundo.

Nela, sonhei com você me dizendo que nunca houve vestido verde rendado algum. Que você nunca usara brincos de argolas imensas, que essa a que me refiro é a Beth. Você me afirmava categoricamente que, em nosso primeiro encontro, não estava de jeans e camiseta, cabelo preso por uma Bic, o que sempre me confunde. E garantia que chovia muito naquele dia do cheque, um cenário que destoa por completo da minha repisada memória daquele dia difícil.

Outras coisas que, no sonho, você descreveu com precisão em nada batiam com as lembranças que eu tinha, a música que tocou na

Bahia, quem estava de porre, a praia, tantos detalhes. Naquele sonho, tudo tinha outra versão, eram outras as nossas circunstâncias, tão óbvias para mim, como o fato de terem servido à americana na festa de casamento em que nos vimos pela primeira vez. Você me contava de garçons e tendas, o que me escapa por completo, como a história de que foi a Ana, e não você, quem teria pego o buquê.

Você tinha mesmo uma memória prodigiosa, lembrava até a placa do meu carro à época e reproduzia com exatidão as palavras que eu disse no instante em que me apresentei. O texto no sonho era primoroso, mas guardava um registro humorístico que não tinha nada a ver comigo.

Acordei e, ainda meio aturdido, pus-me a pensar se não nos inventamos quatro personagens fantasmas, você e eu, os do encontro, tão diferentes daqueles da nossa despedida. Imaginei que éramos outras pessoas, feitas sob medida por nós mesmos, uma para o desejo, outra para a repulsa.

GETÚLIO_

DURANTE ANOS habitei o escuro coldre de couro de um .32 Long Colt, cabo de madrepérola sempre lubrificada, cuidadosamente guardada à chave na gaveta da escrivaninha do meu dono, G. V., como consta no monograma bordado no bolso do seu pijama.

Ele me visitava cada vez mais regularmente. Tocava o dedal serrilhado da trava, abria o tambor em inox e, de forma lenta e reflexiva, retirava-me, limpando, minucioso, cada um de meus quase oito milímetros de diâmetro. Era um óleo mineral suave, macio. Para encerrar o rito, ele eliminava o excesso de lubrificante com uma flanela. Nessa hora, olhando o nada, sopesava, na mão direita, meus pouco mais de sete gramas. Dizia coisas como canalhas, malditos, te acalma, vivente, quem peleia não tá morto. E, nessa ciranda tensa, trocava-me de lugar no cilindro. Durante muitos anos, acreditei-me destinada a um poderoso inimigo seu.

Naquele agosto de 1954, vazavam pela fresta da minha gaveta estridentes rumores vindos da nova sede da Presidência da República, instalada na arquitetura eclética do antigo Palácio Nova Friburgo. Por aqueles dias, até o silêncio gritava no grande monumento oitocentista, então rebatizado Palácio do Catete. A conspiração militar e a pressão dos jornais deixava o ar irrespirável ali, como, de resto, em todo o país.

Era a noite do dia 24. Ouvia-se a caligrafia da caneta-tinteiro raspando o papel do bloco ao lado do revólver. Em voz alta, furioso e visivelmente consternado, ele soltava expressões como a sanha dos meus inimigos, eu vos dei minha vida, caminho da eternidade, entre outras, em tom grave, dramático. Talvez estivesse escrevendo uma carta de renúncia, pensei, abalada. Jamais imaginei uma carta-testamento.

Quando notei que a sorte me colocara na exata linha de tiro entre o cão e o cano da arma que eu habitava e que ele a empunhava e posicionava voltada para o próprio coração, receei esperar em mim o toque explosivo do gatilho. Somente aquele gesto abrandaria a opinião pública e refrearia o iminente e covarde golpe militar em curso, adiando-o.

Isso é o que depois se soube. Pouco se imagina do real tormentoso da cena em que tive nada mais que alguns milissegundos para me revestir da mais alta missão: sair fumegando da massa de mira que encimava a 0,32 polegada da boca da pistola, perfurar o roupão, o pijama, a pele, o esterno, as vísceras e o núcleo do coração de Getúlio, e, junto dele, no exato instante da detonação, entrar para a história.

Hoje, explodida, não mais na gaveta, mas numa redoma de vidro, ainda habito o quarto fatal. As pessoas passam e me apontam, impressionadas pela minha, nossa bravura. Não sei se por causa do vidro espesso ou se pela idade avançada, não consigo ouvir direito o que elas dizem, não posso mais entender o que elas pensam.

CECÍLIA_

Vó Cecília anda esquisita, alguém mais está notando? Cruza a sala de um lado pro outro, ajeita a folhagem de um vaso, meio vaga, meio fingindo distração. Eu, que a conheço bem, sei que tem coelho nesse mato. Ao se assentar no sofá, parece inquieta, levanta, senta, levanta outra vez e olha pela janela lá embaixo, mais notando o seu próprio reflexo no vidro do que a paisagem lá fora. Depois ajeita o grampo no cabelo, e quem sabe ver pode notar: trocou a chinela pelo sapato, o vestido pela blusa com saia, o leite de rosas pelo perfume. Alguma coisa está acontecendo com dona Cecília: voltou a ler, a se interessar pelas novidades, a assistir ao jornal na tevê. Sei...

Agora vem à tona essa história aí. O tal de Raul, que tinha desaparecido, quase sessenta anos depois retorna à cena do crime. Bingo.

Clássico. Disseram que do Face foram para o Zape, e, dali para uma dança de salão, foi um pulo. Agora só Deus sabe onde isso vai parar, dois viúvos soltos neste mundo, oitentões, sem mais nenhum compromisso oficial. Nem com os pais, nem com os filhos, nem com o fisco, imagina, nem mesmo ao futuro devem satisfação alguma.

Parecem dois meninos, Cecília e Raul, assustados com o fato de a vida ter lhes dado saúde e sorte ao ponto improvável desta oportunidade: reviver, na vida real, um tórrido romance de juventude. Vá lá, nem mais tão tórrido assim, claro, mas dando, com coragem, essa tão surpreendente quanto inegável segunda chance ao gelado na barriga, ao pasmo diante do nada, típicos de toda paixão, justo na maturidade. Bem, convenhamos, nem maturidade é — ela mesma diz, recusando os clichês da terceira idade —, é velhice mesmo.

Ele, com oitenta e poucos, pensa com certa vertigem na plausibilidade daquele poema que garante que o amor é "aquilo que se aprende no limite, depois de se arquivar toda a ciência herdada, ouvida". Tanto que escreveu a ela, num bilhete desses de buquê, "amor começa tarde", que li porque estava em cima da mesa.

Aquilo a encontrou um pouco assustada, mas de olhos brilhantes. Ela, já com oitenta e tantos, aprendeu a chamar o Uber pelo celular, voltou a usar o aparelho no ouvido, e agora ninguém mais a segura em casa.

Vovó sempre foi classuda. Então não pensem em um romance pacato, café com leite, como se diz, de um jogo jogado sobre o feltro morno do carteado das tardes morrinhentas ou sobre uma toalha de piquenique, o que já seria ótimo. Não. É vivido também em cinemas, passeios, viagens e, naturalmente, entre lençóis. Não fica bem ficar falando, ela me confessou, mas é tão bonito, filha. Igualzinho, e até mais, do que tudo quanto já vivi. Sem concessão, sem complacência, sem caridade ou obrigação. Só nós dois mesmo, refeitos de um cansaço que acreditávamos que nunca mais nos deixaria. E muito pouca coisa em volta.

Em vista de problemas de ordem operacional, não pude saber mais sobre o namoro que vem balançando os alicerces da família. Mas o casal não está nem aí para o que os outros pensam ou deixam de pensar. E dispensam sobretudo os curiosos detratores da patrulha burguesa, patrimonialista, o que achei sinal de inteligência. Outro dia, lembra que ela disse que ia passar a tarde num procedimento estético? Pois é. Foram para um motel, ela me revelou, sorrindo, inconfidente.

Vendo de fora, parece que estão comemorando bodas de, sei lá, grafite. Mas, olha, vivem uma partilha bela e inusual, invejável. Menos limitada na prática do que em nossos paradigmas culturais. Estão interessados em ver — no que me surpreende a sensualidade da proposta — não tanto a possibilidade de se erguer ali uma cumplicidade perdida, mas uma chance apenas de poder ver, como dois humanos amantes, até onde vai dar isso de viver dançando sobre uma fissura prestes ao cataclismo. Esperam de mãos dadas o abalo enfurecido e vulcanizado que vem do coração da Terra, olham para uma mesma explosão. Dois seres, ao tentarem se fundir, sempre desafiarão as nuvens incandescentes que brotam da pele de um planeta em erupção. Querem ainda saber ao certo se o amor é mesmo esse fogo tomado por dentro, algo só percebido por quem se dispõe a habitar a lava.

Amar é ficar cada vez mais próximo das margens desses precipícios? Amar é justamente esse acampar ali e ir se aproximando, se aproximando, até virar de vez o magma que preenche o vão entre duas placas tectônicas? Ou amar é experimentar essa atração totalizante pelo risco de se entregar ao risco e se transformar, juntos, nesse risco?

Os dois ainda tremem, febris e intempestivos como a terra, à espera de que o amoroso vulcão em atividade lhes ordene, imperativo: — Caminhem sem medo sobre esse creme de pedra, pisem sem dó a lava que escorre de dentro do mundo! Encontrem afinal o quinto elemento, desconhecido pelos que não amam ou esquecido por aqueles cuja chama já se extinguiu! E, depois, se embalsamem no furor da montanha, fundidos pela mais bela e mútua explosão piroclástica, a vida, quando posta assim tão perto da boca de um vulcão.

JULINHO_

DAR UM maço de cigarros a um prisioneiro pode ser uma forma eficiente de extrair-lhe alguma confissão. Mas é tarde demais para isso. Note as pausas na fala dele. São os momentos em que ele puxa fundo o fumo e solta lentamente a fumaça, emendando um cigarro no outro. As baforadas são longas, e longo é também cada trago, sorvendo no ar a fissura, o barato que lhe queimava lábio, polegar e indicador. Daí os silêncios. Uma confissão agora não me faria diferença alguma, quem mata como ele não pede desculpas. Eu estava ali só para saber o que o velho passou. Vou dar o play, talvez você me ajude a entender. Ele não sabe que eu

estou gravando:

Matar é uma palavra muito forte, né, don? (...) na verdade, eu limpei uma barra (...) uma barra que estava suja e que me contrataram para limpar (...) o problema é que não tem limpeza cem por cento, irmão. (...) só com muita grana (...) aí, pode ser (...) no crime, quando você conta alguma coisa para alguém, tá jurando essa pessoa de morte (...) não saber é ruim (...) mas saber demais é pior, camará (...) mais perigoso (...) na verdade, o que tem é o homem certo e o homem errado (...) o problema é que a gente não sabe, quando um vira o outro (...) um pacote para descartar (...) com o tempo, a gente desenvolve até um sexto sentido (...) de saber quem é o filho da puta na parada (...) mas aí a gente já está em cana (...) de novo (...) tu é jornalista ou o quê? (...) essa história tá cheia de fio solto, mano, não é do tipo direto e reto de contar (...) o que eu posso lhe dizer é que, como qualquer história, tem sempre dois lados (...) o dos patos, dos otários, dos trouxas (...) e o do dinheiro (...) as pessoas acham que dá para entrar pela metade num negócio desses (...) não dá (...) quem fica pela metade, sobra (...) ah, o Julinho sobrou (...) sobrei, porra (...) mas os que morreram sobraram pior, como o sebo e a muxiba que a gente refila na faca num pedaço de carne (...) e o sangue nem respinga no terno deles (...) olha, tem três buracos sem fundo nesse mundo (...) o da droga, o do jogo (...) o da mulher (...) uma vez que você cai num lugar desses, fio, acabou a brincadeira (...) quem vê um derby daqueles, o pelo brilhante dos cavalos, a roupa colorida dos jóqueis, não imagina o que vai por detrás da porteira de um hipódromo (...) e hoje as coisas não são mais tão românticas como já foram um dia (...) o turfe não é o que você tá pensando (...) para resumir, ninguém ali dá aviso de nada, só formata o cadáver, pronto (...) linha de produção (...) não tem polícia, mandado judicial, nada (...) ninguém manda recado (...) é sempre um corpo morto que manda a fita (...) olha, vou te dizer, nem aqui na cadeia eu tô protegido (...) tem aquele tango, acho que do Gardel, a gente perde ou ganha tudo por uma cabeça, né? (...) é desse jeito (...) família vira pó, amigo vira pó, até Deus virou pó, ganga (...) não tem volta (...) hoje o barulho dos cascos dos cavalos para mim soa como um pacto de sangue (...) desculpa, se você tá querendo um nome (...) sabe que X9 é o primeiro a morrer, num sabe? (...) e eu não vou te dar um nome (...) e nem é por medo de morrer (...) que isso a gente perde cedo, cabra (...) é que isso seria o mesmo que te matar (...) e eu quero sair dessa lógica (...)

mas uma coisa eu posso te dar (...) um toque (...) sai dessa sua reportagem agora, tio (...) agora mesmo (...) antes que seja tarde.

QUINHO_

QUINHO BOLA Sete estava com o filho no hospital, muito doente. Dessas doenças que a gente nem pergunta muito, daí eu nem poder falar direito. Posso adiantar que era grave, precisava de cirurgia e tudo.

Mas a criança era filha de um dos grandes amigos sinuqueiros do Carne Frita. Ou seja, ainda tinha uma jogada a seu favor. A única que o pai ainda podia fazer: pedir ajuda ao fenomenal bilharista. Vão dizer que tudo isso é história, que não foi bem assim. Mas eu estava bem do lado e ouvi a resposta: — Olha, Quinho, meu irmão, eu tô zerado aqui. Mas vou ver o que posso fazer pro teu garoto.

O maior nome da sinuca na cidade em todos os tempos, Walfrido Rodrigues dos Santos, o Carne Frita, saltou da cadeira e anunciou, rodando o giz na ponta do seu famoso taco de estimação: — Dou quarenta pontos de lambuja para quem quiser. Ganhou, leva dez barão, perdeu, paga pro Quinho. — E soprou azul o seu desafio.

Silêncio na Academia, que era como chamavam o salão do Brunswick. A última vez que o Carne tinha feito isso, topara com um gringo, o tal do Steve Davis, que o quebrou todo, junto com todo mundo que tinha colocado dinheiro nele. Não ia ser fava contada.

Quarenta pontos. Era loucura, quem se atreveria? O Boca Murcha não resistiu. Levantou o indicador, sutil como num leilão de arte. Estava topada a mesa. Depois me contaram que alguém lhe soprara que bancaria a aposta e dividiria o prêmio. Mas isso eu já não assino. Só sei que tinha, sim, muito bacana lá no clube, caras que seguravam copo de uísque e ficavam atrás de fumaça de charuto, loucos para botar uma fezinha, coçando aqueles cavanhaques deles.

Então, deu-se o enredo. O BM, clássico como ele só, inclinou-se elegante sobre a mesa
e deu uma saída de mestre, cravando em vinte e seis pontos sua vantagem inicial, colocando o Carne numa literal sinuca de bico. Quem tira

sessenta e seis pontos a frio, as bolas todas coladas nas tabelas daquela lã verde?

O Quinho, que era bamba também, dos bons, mas não chegava a mestre, assistia à peleja torcendo como nunca, pensando no seu Joaquinzinho. Suava frio. Sabia da encrenca em que metera o amigo. A posição das bolas que o Boca deixou, deixou também um clima de consternação geral.

Mas lenda é lenda. E como era abusado esse tal de Carne Frita! Tanto que meteu esta, antes de pegar o taco, olhando o Boca Murcha nos olhos: — Olha lá o relógio, Boquinha, faltam cinco para meia-noite; quando um daqueles ponteiros sumirem naquele visor, você já terá perdido tudo. — E se pôs a matar, calma, metódica e repetidamente, as bolas que tinha pela frente.

Irritante como todo especialista, dobrou a cinco seis vezes na caçapa do meio. Uma a uma, não sem alguma crueldade. As duas bolas longas, improváveis na paralela, se valeram do fato, preciso confessar, de que os buracos da-

quela mesa eram ligeiramente generosos com aqueles que os conheciam bem.

Na décima segunda badalada, o Carne, antes da tacada final, lançou um olhar grave para o amigo, que já chorava. A oito, depois de ressuscitá-la diversas vezes, ele cravou com força numa diagonal seca e jogou o taco sobre a mesa, abraçando o Quinho. Os sapos, em volta, explodiram. Quem viu, viu. E vão dizer, eu sei, que isso é conversa minha, que eu exagero, mas, olha, senhoras e senhores, eu estava lá.

HÉLIO_

GIRANDO A base do aparelho, as asas metálicas se abriam para o encaixe perfeito da lâmina. Os olhos, dois óculos fixos no espelho, sobrancelhas cerradas e o nariz recortado eram as únicas partes do rosto abaixo da testa sem a espuma branquíssima, espessa, que a tudo recobria, descendo até o pescoço. De modo emergencial, a toalha de rosto saía do gancho ao lado da lâmpada e ia dependurada no ombro, pronta para, em caso de acidente com corte ou sangramento, entrar em ação.

Trajando apenas a camiseta regata com que dormira sob o pijama, agora já devidamente dobrado e engavetado, o metódico Hélio ocupava-se da barba cerrada, a lâmina rec-rec-rec, o aparelho na louça branca da pia tec-tec-tec. A execução era lenta, arriscada, a lâmina diligente descerrava o bigode, rec-rec-rec, guilhotinava a costeleta, rec-rec-rec, e o pó de barba dura, agora sim, escorria pelo ralo, na louça, tec-tec-tec.

No esgar do esternocleidomastoideo ia a parte mais delicada da operação, o relevo do gogó dificultando o trânsito da blue blade que tinha a cara do sr. Gillette na embalagem, um senhor de bigode, rec-rec... rec. Às vezes, um fio de sangue fazia-se risco rosado no subsequente tec-tec-tec da pia. Nada demais. A ouvidos mais atentos, chegava também o estridente rumor na cerâmica vitrificada, ecoando os sons mixados pelos azulejos verde-água do banheiro, tlec. Tlec. Tlec...

Depois do mergulho na toalha, o jato d'água, que as mãos embaciadas íam colher na torneira, explodia no rosto e retificava os pontos brancos que porventura não tivessem sido contemplados pela guilhotina. Para isso, o pincel do creme de barbear voltava para uma segunda demão, agora em círculos e menos espumosa que antes, o retoque final. Esticar a pele do rosto demandava diferentes caretas, cada vez mais próximas da luz do armarinho espelhado. A lâmina, então, seguia o primado da arte da cutelaria rente aos poros, rec-rec-rec, e, na pia, em contraponto, ia escorrendo seu tamborim como um rodo, tec-tec-tec.

Após novo mergulho das faces no verso da toalha, dava-se a cara aos tapas gelados da água mentolada, loção facial. A boca aberta para dilatar bem os poros dava uma feição de espanto, inusual a Hélio, um cidadão pacato, morador da rua David Campista, 84, em sua rotina matinal, como dizia o anúncio da revista, "para um escanhoar suave e seguro".

Durante todo esse ritual, a mulher de Hélio, contrita, rezava o terço ao lado, no quarto de dormir. O som de sua voz sibilina, sis-sis-sis, talvez o marido entreouvisse no intervalo das batidas, tec-tec-tec. A roda do dia apenas iniciava o seu grande giro, em suaves rec-rec-rec, tec-tec-tec, sis-sis-sis, nas engrenagens de um obstinado relógio, exato, que nunca parava, tic-tic-tic. Lá fora, maquinal, o dia se erguia, rec-tec-sis-tic, rec-tec-sis-tic. Inclemente e inopinado, como sempre.

VANDA_

As coisas da casa me perguntam o que quero, o que não quero fazer. Às vezes, param (de funcionar) e me interpelam, desaforadas, se quero, para que quero, seguir com as tarefas. Olha, Vanda, e este livro abandonado? E este chá despejado em vão na xícara, esquecido, esfriado? E este desaguado vaso de flor, seca? E este saca-rolhas, Vanda, que esquisito, não é mesmo? Meias despareadas, solitárias, guardadas esperançosamente numa bacia, olham-me desoladas. Querem saber de mim a que hora voltará o seu par. Até mesmo uma das paredes se (me) pergunta por que ainda está de pé, por que não desabamos juntas, Vanda? Não posso lhe explicar isso agora, respondo.

Maçanetas inquirem meus dedos, demandam-me, insistentes como as vassouras, estabanadas ou involuntárias como os baldes, suplicando debalde para que os chute, as almofadas pressionando minha lombar. Tudo exige um posicionamento meu, os fósforos querem saber se tenho fumo, cuidado com este poema, Vanda, diz-me a caneta. Por que não o abandona agora mesmo?

Facas e tesouras vivem me alertando, entre cuidadosas e atrevidas, isso morde, Vanda, você vai se arriscar a meter o dedo nessa gaveta? Tensas, as tomadas se certificam se estou pronta para o dia da explosão de todos os aparelhos. E me alertam com seus olhinhos assustados e a boca aberta. As roupas desfalecidas no cesto, exaustas, soltam-me em uníssono um muxoxo amarrotado, enquanto um bibelô se certifica de si, apavorado: não estou muito na beirada do aparador, Vanda? Na parede, o relógio, por seu turno, só faz rir do tempo que perco tentando responder aos objetos espalhados pelo chão e às quinas, que, circunflexas, me aterram joelhos, cotovelos, calcanhares.

Lá fora, no quintal, uma constelação de pedras alinhadas me reconfiguram antigos desejos. Desprendem-se no pó de minhas juras ancestrais nas sombras, sob as árvores, e, sobre meus sapatos gastos, a mais embaraçosa de todas as promessas é, com folga, a de tentar não envelhecer muito agora. Sinto que estou em minha mais modesta cosmovisão, a do chão.

O lixo sai sem hora para voltar na enchente, como o celular também se manda de mim, quando cai o sinal. As coisas querem saber de tudo e me cutucam os ombros, quanta violência e barbárie foram perpetradas, sem que você se desse conta, Vanda, por ignorância ou alheamento, para que fossem fabricadas! E me espezinham: você tem consciência do quanto de azul já se dissolveu por sua causa, por sua parcela de culpa, no errático plúmbeo sem data das nuvens que estão se formando lá no alto, derretendo as calotas polares e os seus neurônios, Vanda?

Um seriado de tevê me entorpece os reflexos e logo me acalma. As histórias dos outros derramam-se sobre mim e, então, paro de conversar com as pilhas do controle remoto, num esquecimento prático que me lava e enxágua os miolos. Enquanto isso, o sabão da pia, como a ferrugem de mais uma vontade em mim, sem me dizer palavra, precipita-se em seu próprio fim.

Represada por vários meses, congelada pelo raio paralisante da morte, a vida vai e se assenta, manhosa em volta das minhas pernas, o que me desencalha um pouco. A vida se achega um pouco mais ao meu colo e, num doce acalento de ombros, murmura, Vanda, indica-me uma passagem. Quer se mover outra vez, à luz de fotos e sínteses. Quer prosseguir, a vida, mulher vestida de sol, mesmo que seja no sem-rumo.

Vestir um vestido, a vida ainda não quer, mas uma roupa, sei lá, esporte, de sorte que possa, quem sabe, em alguns meses, pensar num estampado? Um espartilho, jamais! A vida, no entanto, em flor hesita, se agita, não dança, claro, não pensa em perfume (nunca passa nada). Não faz poesia, imagina, a vida... Mas já lê, a danada. E numa canção mal-ajambrada batuca um ritmo ruim, ainda sem muito pulso, mas, admitamos, vivo. Quer sair à janela, tomar um ar, a vida quer passear a esmo, quer voltar ao "bom-dia!", à rima, à Roma, ao amor ainda não, o que é isso, Vanda?, ela me repreende. A vida se faz a si uma maquete em que possa ensaiar em miniatura. De modo que ela sonha, assim, despreocupada de entornar o caldo, de passar da conta, sem esperar nem exigir muito de nada nem ninguém. Nesse jeito engenhoso que a vida inventou, mais ou menos numa escala de um para cem, ela anda tendo lá as suas alegriazinhas.

A um "como vai?", na praça, a um "como tem passado?", na calçada, a vida já responde, delicada. Mas ainda se sente em dívida com o mundo. Acho que a vida, no fundo, só quer mesmo tomar um pouco de ar, soltar a linha que resistiu intacta aos funerais e às quarentenas. É que ela andou toda enrolada num estranho carretel, coitada, disse-me a noite. Agora a vida quer ver se algum bicho, quem sabe uma cotovia, uma estrela distante, um satélite, ainda a espera no parapeito. Quer brincar com o cão, a vida. Onde está a Vanda, meu Deus, ela pergunta.

Apresento-me, aqui estou eu, vida, Vanda. Chego à janela com ela, as crianças acenam e algumas até sorriem para nós. A vida, que adora sorvete e se parece com uma gata distraída, já não é mais tão menina. Ofegante, pede-me que eu lhe passe devagar essa pasta d'água, e repasse depois mais uma vez, camada por camada, para modo de carinho e consolo, essa pomada cicatrizante chamada tempo.

GODOI_

TODOS SABIAM que o Godoi era de viés, que era meio aluado e andava a dois palmos do chão. Todos sabiam que qualquer vento que lhe batesse de jeito tiraria o Godoi de uma reta a que, por acaso, o Godoi se alinhasse. O Godoi saía no sábado e se perguntava aturdido, e agora, meu deus, que diabo vim eu fazer neste domingo?

Era notório que o Godoi frequentava algumas letras. Sabe-se que grifava livros a esmo e tinha o cacoete de usar odiosamente a orelha como marcador. Além disso, guardava o péssimo hábito de portar bandeiras, tremuladas no incerto e no subentendido, o que era do conhecimento de todos, e uma hora lhe seria cobrado.

O Godoi desenhava mulheres escondido, isso era sabido. Todos davam por certo que o

Godoi era frágil, que tinha lá o seu fraco pelo imponderável e uma queda livre pelo hipotético. Mas o Godoi não era parvo nem arredio, isso não. Era só cheio de histórias malparadas, histórias sem pé nem cabeça nem Godoi.

Mas por onde andará o Godoi agora, com suas usuais desconformidades a lhe prensar a alma tão passeriforme? Diziam que queria ser músico. Ora, o Godoi só pegava uma sanfoninha de oito baixos, o fole aberto à luz do sonho, e olhe lá. O que é do Godoi, que hesitava em se situar exatamente entre o tombo e o botequim?

Que é de Godoi? O Godoi tinha umas economias? Guardava poemas soltos na caderneta? E daí que o Godoi não deixou rastro nem pegada? A quem interessa saber onde afinal se meteu o Godoi com suas relíquias sentimentais, seus segredos tolos com os quais ninguém se importa, o que, convenhamos, facilita, em muito, o mister do Godoi, qual seja, o de não reivindicar absolutamente nada.

Uma pista é que o Godoi era para-raios de bicho. Os cães procuravam sua cama na noite, e as formigas rondavam o seu cotonete. Borboletas, pombos e joaninhas acertavam com precisão os chapéus do Godoi — esqueci-me de dizer que o Godoi usava chapéus e que os polinizava, perdendo-os com cabeça, óculos e tudo, na madrugada do mundo.

Hoje me pergunto que fim o Godoi imaginou para si e para aquela sua calva lustrosa, seus desejos engarrafados, suas chances perdidas, como o próprio Godoi. Talvez o Godoi tenha se esvaído de si, esgotado em sua própria impossibilidade. Talvez tenha ido buscar o menino, talvez ainda esteja por aí.

DONANA_

NAQUELE TEMPO, eram só dois pontinhos brilhando no escuro os olhos de Donana. A que se tornaria benzedeira nasceu numa caverna e por lá passou toda a infância, saindo só à noite, com os pais, avós e bisavós ainda refugiados daquele estado de indignidade a que costumam chamar escravatura.

Eram os chamados negros do mato, ou caiporas, e habitavam o sem-fim dos êxodos, lá onde os senhores de escravos pagavam bem aos "capitães" pela captura desses compulsórios exilados, covardemente chamados de pretos fujões, perseguidos com crueldade apenas por terem a mesma cor da nossa terra e a vontade de ser livre.

Aquela gruta era, enfim, um miniquilombo. Ficava no fundo do caminho velho, dos tirados do morro perdido, da estrada real do vale do

Jequitinhonha. E durou cinco ou seis gerações com seus bichos humanos vivendo ali; na prática, uma assustada caverna de Platão. Foi o que o fotógrafo me disse, ele que a conheceu.

Todos ali formavam uma só tribo familiar e dominavam hábitos noturnos transmitindo aos seus poucos, silenciosamente, coisas como o poder das raízes curativas, a caça aos animais selvagens, a disputa dos frutos da mata com os bichos, os segredos da água, do fogo e das pedras.

Até que um dia, aquela menina que se tornaria essa senhorinha na fotografia — prosseguiu o fotógrafo —, lá pelos seus dez, doze anos de idade, escapou para ganhar o mundo, a luz. Os pais lhe diziam que ela seria escravizada, que se punham os pretos no cativeiro para comer com os porcos. Fora as outras sevícias, que eles a pouparam de ouvir.

Mas ela foi, assim mesmo, descobrir na pele que, mesmo com a propalada "abolição", desconhecida dos pais, eles estavam certos. A escravidão só havia mudado no papel. Na prática, ela soube, moça ainda, que seria, sim, o burro de carga de alguém branco.

Por isso, resolveu ganhar a vida com o que mais sabia fazer, curar os outros, na base da benzeção, num casebre muito, muito distante, numa comunidade afastada, chamada Mumbuca — se não falha a memória ao fotógrafo.

Abaixo de Deus, vem aqui que eu acudo as crianças, com o coração de Xangô! Quebradura e inveja eu costuro, tireoide eu costuro, e ponho os nomes nos pés de Iansã. Costuro rim com cavalinha e, com quebra-pedra, costuro até a dor do inchaço da dor.

Guaco e erva-cidreira de três qualidades, hortelã-pimenta, arruda, sulina, baço, favacão com ovo é bom para tosse e erva-de-são-joão para ajudar a dormir. Tanchagem com óleo de coco alivia coceira e distração. Emendo a carne e enfeixo os sete nervos também, com a espada de Ogum. Pra fuga do espírito, ovo virado e dor de dente, é bom uma infusão de raiz de valeriana. É só pilar batata com mel e dendê e saudar "arroboboi oxumaré!"!

Olha, o chá de sucupira é pra dor nas juntas e o de amansa-raiva sara até queimadura de lagarta. Pereba, brotoeja e gaiteira pra fora, é bom passar unguento de nardo com basilicão, tudo com a reza forte de são Cristóvão, batendo folha de arruda e alecrim no local da moléstia. Rosa branca é bom pros olhos, passa com arruda. Tomou o ar da água? Tem jeito. Pra infecção nos quartos, faço o meladinho com o coração desfiado da bananeira e a bananinha de dentro, que tem lá no fundo: dou com mel, e pronto. Hortelã e erva-cidreira é pra dormir mais um pouco, picão é bom pras bichas, faz com incenso, erva e chifre de carneiro. Manjerona, põe na quirera, babosa é bom pro cabelo e prum bom xarope de bronquite também.

Aqui, escuta, se armar uma chuva forte, batata é confrei. Guiné de cruz dou pra vento nas costas e, pra encosto, dou conta de rosário, que mal não faz e é bom até pro banho de recém-nascido. Tiro quebranto e mau-olhado com banho de Oxóssi. Pinga com arruda ajuda na convalescença e naqueles dias mais compridos, ruins de acabar. Caruru tira nhaca, fecha o corpo, e pode comer até com salada.

Com Deus costuro, com Deus te curo. Mas o jugo da falta de liberdade só sara com muita luta mesmo. Luta a vida intirinha, filho, luta o resdavida.

BENVINDO_

A VELHICE é um grande bingo, o sorteio lento que anuncia aos contemporâneos quem vai deixando o jogo. Benvindo acordou pensando nisso, com variações insones mais ou menos misturadas a tenebrosas cartelas, submersas nas primeiras luzes daquele dia embaciado em que, de afogadilho, decidiu comprar o próprio jazigo.

Às vezes, somos sorteados e deixamos solenemente o salão; noutras, a ordem de nossas linhas e colunas no jogo se esvanece com a fumaça dos cigarros. E os números, confusos, perdem o sentido, enquanto ficamos por aqui, esquecidos entre feijões e o cantar morrediço das pedras, prosseguia na cabeça Benvindo, um senhor de razoável higidez, despertado num fluxo de pensamentos esquisitos sobre o cassino da morte, enquanto cobria a roupa da noite com a roupa do dia.

Logo ao entrar na funerária, Benvindo viu, pelos cartazes, que havia ali muitos planos disponíveis. E pensou com algum sarcasmo que talvez fosse um pouco tarde para oferecer planos aos quase mortos. Mas, em respeito à solene liturgia do local, soube conter seu devaneio autopenitente.

Folheando o catálogo que o funcionário lhe estendera enquanto terminava um atendimento, Benvindo leu que havia vasta sorte de opções, de caixões com cemitério incluso a cremações diversas, com ou sem velório e/ou solenidades ecumênicas, passando por uma seção especial de urnas customizadas que, ao ver de relance os modelos com escudos futebolísticos, preferiu saltar. Assim, fechou o folder e, com os dedos cruzados sobre o colo, pôs-se a esperar pelo atendente.

Inquieto, Benvindo coçava a nuca e seguia em suas elucubrações, que dessa vez se ancoravam no fato de que aquele menu muito se assemelhava a cardápios de restaurante, o que nele aprofundou o sentido, não totalmente absurdo, de que ele próprio, ou seu corpo, inerte, seria o próximo prato, já em preparo, a ser servido.

Talvez por imposição do próprio nome ou por sua natureza dócil e paciente, Benvindo sempre aguardava com resignação incomum os atrasos típicos dos atendimentos mais burocráticos. Ademais, Lygia, sua falecida mulher, não estava mais ali para reivindicar maior atenção ao marido nas filas de espera, como era seu costume. A esposa adentrara o mausoléu da família dos pais, e Benvindo estava agora decidido a inaugurar um novo jazigo entre os seus.

Enquanto o moço não aparecia, Benvindo pensava que o mais justo seria ele ter ido primeiro, já que Lygia era tão mais conforme aos trâmites desta vida, nos quais ele se enrolava todo, sem jeito ou traquejo com a maçaroca de decisões que se nos avolumam à medida que envelhecemos. Apesar de pouco previdente, Benvindo, a seu modo, intencionava não dar trabalho aos poucos familiares que ainda restavam e, assim como Lygia, já havia se decidido pela partilha de seus bens em vida. Agora não lhe custaria também tentar evitar mais esse último aborrecimento aos filhos, noras e genros, cuidando ele mesmo das próprias exéquias.

Sentado à recepção, Benvindo descruzou as pernas e sentiu oscilar-lhe uma vertigem, um vago desconforto consciente. Aquilo foi se expandindo numa sensação atônita, misto de ausência dos próprios sentidos com ausência de sentido daquilo tudo. Até que seus olhos mergulharam num grande quadro à sua frente, de discreto apelo religioso, que emoldurava a gravura de um santo qualquer, talvez mais uma sugestão abstrata de um espírito do que propriamente uma figura no cartaz, o que lhe deu uma noção bastante clara do incômodo e da desproporção da escolha a que se impusera e que estava prestes a fazer ali.

Tudo em volta parecia lhe anunciar o fim do mundo. O final da história, sim, mas em um roteiro destituído de qualquer preparo. Era o corte, o rompimento com tudo, mas de modo absolutamente banal, como quem pede um café numa lanchonete. Então, o supervisor surgiu, apressado, desembaraçando-se do outro cliente, chamando Benvindo Alves para a sala das urnas. Aturdido, Benvindo conseguiu se refazer da vaga vertigem e, com as palavras que lhe ocorreram naquele momento, disse algo como obrigado, volto numa outra hora.

ÉLCIO_

A CASA tinha uma vista espetacular. A metrópole se esparramava no sem-fim, escorrendo lá embaixo, do imenso tabuleiro de concreto erguido sob a piscina contornado por um balcão de jardineiras de onde se descortinava a perspectiva aos visitantes que se encantavam com o extraordinário tapete de cidade estendido a seus pés. Os donos tinham viajado e deixado ao seu Élcio, um encarregado de confiança, a tarefa de acompanhar os pintores no trabalho de manutenção das paredes dos salões.

Seu Élcio era um senhor já de idade, aposentado morador da periferia, a quem, exatamente naquela semana, sobrara a guarda de um netinho, cujos pais não podiam faltar ao serviço. Assim, viu-se forçado a levar o garoto junto com ele para o trabalho de fiscalização da pintura. O menino de seis anos, que não tinha muitas oportunidades de sair de casa, adorou a ocasião de fazer talvez o mais impressionante passeio de sua vida. Ele que morava tão distante que nem com o mais potente telescópio podia-se avistar seu barraco do alto daquela mansão em que passaria o sábado.

O dia ainda nem tinha nascido quando os dois entraram no ônibus intermunicipal. O que era bom, pensou Élcio, assim o neto já ia ensaiando no batente o destino madrugador de todos ali, mesmo que ainda esteja no alvorecer da vida.

No meio da obra, cuidando para que os homens cobrissem tudo sem tocar em nenhum daqueles objetos caríssimos nem sujar os mármores importados nem perder o recorte do pincel nas madeiras, de repente, seu Élcio dá falta do neto, a quem tinha recomendado ficar ali, quietinho, ao lado dele.

Cadê esse moleque, pensa o Élcio, girando o pescoço em trezentos e sessenta graus. Roda daqui, roda de lá, e todos param e se põem a tentar achar o pestinha. Seu Élcio, aflito, sobe as escadas em curva gritando por ele, abrindo esbaforido as portas dos quartos, dos armários, banheiros, nada. Vai até a cozinha, pensa num copo d'água, a garganta seca, sente uma vertigem ao se lembrar da piscina. Em desabalada carreira, voa até a sala de estar e, de lá, ganha a varanda, o coração aos pulos, desesperado, tentando desviar das esculturas e dos vasos chineses, diabo de casa tão grande. E essa piscina, meu Deus, que, no tempo congelado da morte (e do desespero em câmera lenta que geralmente antecede o fim), não chega nunca!?

Quando ele finalmente alcança a área externa, cruza uma quadra de vôlei, grita pelo pequeno com todas as suas forças, e até prefere não o encontrar ali. Mas mesmo assim o vê.

Ele está na parte alta do deque, assentado, batendo com a mãozinha no banco ao seu lado, o sol nascente alaranjando o céu em mancha descomunal, e o menino gritando:

— Vem aqui, Voélcio! Vem ver o mundo!

SAULO_

QUALQUER MÁGICO de loja de galeria, de recreação infantil de subúrbio, conhece o segredo: é preciso distrair a audiência para que a mágica dê certo. A confusão é a forma mais simples de encantamento, o instante exato do transe ilusionista, da hipnose que sempre resulta em algum fascínio. Em suma, o terreno limpo para todo assalto é o tumulto. Todo truque precisa da anestesia dos momentos de distração, aqueles em que toda a atenção se trai, para que a burla transcorra perfeitamente, sem contratempos. Os prestímanos têm uma cartilha: desvie de você os olhos do espectador. E faça a festa.

O escarcéu é, portanto, utilíssimo, pois que a todos coloca indistintamente, maus e bons, imperceptivelmente, espertos ou idiotas, no cenário perfeito para aquilo que, de modo genérico, chamam mágica. Os monstros e os heróis, os transeuntes e os intransigentes, os civis e os militares à paisana, os miseráveis e os remediados, os crentes e os ateístas todos, pedestres, seguirão arrebatados no nevoeiro de um grande incêndio rumo ao abismo. Mortos-vivos, sonambulando embevecidos, não saberão mais se foi amanhã ou se será ontem. Não terão a menor ideia de quando se dará, muito menos de que matéria será feito esse instante. Sequer desconfiam de quem, de onde ou como. Não sabem distinguir com exatidão o quê, o pra quê. E tudo escorrerá pelos dedos ágeis de figuras como Saulo, o nosso famigerado homem de capa e cartola.

Foi nesse tempo urdido, calculadamente sublevado de celeumas, que ele deu de aparecer, quando tudo, tanta coisa era possível de suceder a nós. Como realidade ou não, entre tantas versões, tantos critérios, tantas mentiras ácidas, a verdade se dissolvia. Tudo fazia parte, digamos, em não fazendo, do roteiro invisível a transformar o nosso cotidiano num domingo-feira, na perda total dos sentidos, no chamado alvoroço, o estado perfeito para o golpe.

Saulo nos apedreja como quem oferece flores. Há muitos gritos, mas, na ovação, todos os clamores se confundem no mesmo desespero.

O destempero o descalabro o disparate o despautério de Saulo é tão aceitável que agora tanto faz andar ou permanecer parado, tanto faz tirar o pó ou permanecer submerso. Tanto faz estragar tudo, desandar a receita, ter documentos, registros, ter história ou não. Tanto faz entregar o serviço em ordem ou desistir dele, não há mais aquele contrato velado de cordial convívio sob o qual existíamos. A sensação é sempre a mesma: de torpor, de dias sempre iguais, de inescapáveis labirintos.

Se passamos o dia todo metidos numa máscara de gás em combate ou entrevados numa cama, feridos, mortos, passivos ou neutros, o que importa? Se nosso corpo está tentando correr engessado, se estamos no ar com asas de cera, o mundo, tanto a nós quanto aos outros, é indiferente: estamos sempre a um passo da contrafação. Se saímos pela rua, despedaçados na fila do pão, ou se estamos presos a um incerto interminável jugo, sob forte neblina, na autoestrada do pesadelo... e daí? É apenas mais um dia em que todos parecemos tão suspeitos, tão absolutamente questionáveis que não sobra mais ninguém confiável ou minimamente são por perto.

Os assassinos aceitos na paisagem confusa andam desenvoltos, sorriem, dizem bom-dia, imersos cordialmente num regime paisano, patrício, violentíssimo, mas tudo parece normal, narcotizado, imperturbável diante das inevidências. Qual é o problema, pergunta Saulo, esfregando as mãos na nossa cara, sem esconder o entusiasmo terceirizado pelo dono do circo.

Sem critério objetivo do valor, da voltagem, do calibre, da dosagem, da densidade ou da duração de absolutamente nada ou coisa alguma, na cena do grande crime, na barafunda às vésperas do grande truque, na sombra, a camuflagem é sempre perfeita.

Os usurpadores jamais deixam digitais na prestidigitação jurídica do caos.

CÉLINE_

Ela se agacha, de modo que a barra do seu vestido toca o chão. Inclinando lentamente a cabeça na direção do colo, parece procurar um tomo ao pé da estante. No intrigado torcido do seu pescoço, que se dobra de lado, a quebra da alça naturalmente revela os ombros, trazendo os cabelos como um cortinado liso sobre os óculos. O tronco então se contorce levemente num gesto interrogativo. Eu a vejo por entre os livros, distraído, como quem busca figurar numa imagem a personagem de um romance.

Da janela, um facho de luz projeta-se sobre sua clavícula nua, e a brancura da nuca resplandece, iluminando toda a biblioteca, ofuscando minhas retinas, tanto que, diante do esplendor daquela mulher vestida de sol, busco proteger os olhos com os contos de Maupassant que trago nas mãos.

Empresta-me um serviço de fantasia, Céline — esse foi o nome que lhe dei —, pelo tempo de uma mínima entrevista de teu vulto imaginante à minha alma. Engana-me com ele. É já que te devolvo, quando o real te expulsar de mim. Mas não por ora. Fica ainda um pouco mais, Céline, rondando meus sentidos na neblina que exala de tua presença. Avia-me logo essa tua pastilha de sonho e menta que veio arrancar as folhas inquietas de meu caderno outonal.

Vamos, apascenta aquele desenho de peixe e onda que tanto mais em mim se forma quanto mais minha natureza em ti se dissolve. E és tu, apenas tu quem me figura nesse instante inscrito no mistério. Entrega-me logo teu envelope aberto, Céline, pardo de sussurros impublicáveis, pleno de carimbos de extravio dos correios, essa advertência de vida vivida, eu te suplico. Afinal, nada e tudo isso já não contam, exceto o fato de que, por pouco pesares no chão, é que flutuo, docemente, sem causa, sob teu efeito.

Aperta agora esse teu corpo inefável contra a chama fria de meu pensamento, Céline, e rompe nessa hora alugada o muro duro e alto da represa que o presente, tão real e concreto e armado e contraditório, ergue em mim. Aquece-me na palavra que emerge de teu colo, as mais contraintuitivas, a esta altura. Dá-me isto, o que não importa se mereço, esse gozo enquanto posso, enquanto nada te peço e recebo: um dia fora da prisão, um dia sem gravidade, um dia em que só tu, Céline, podes me fazer sobrenadar. Um dia em que eu quero me inscrever para sempre, no bem longe daqui, no fora deste tempo sem margens cenográficas, totalizado de atores tão ruins.

O sol se apressa em distender o calendário, o bibliotecário apaga as luzes do fundo, e tenho apenas mais alguns segundos de suave mal imaginada contemplação literária em ti, Céline.

É quando enxergo a capa vermelha do tomo que tão docemente procuravas, *Mulheres na luta armada*. A ideia, somando-se confusamente às impressões do conto que eu lia entre as estantes, me fulmina como um raio: Céline é contraponto real à mulher que dava à luz monstros. Minhas

cinzas, aterradas, as que sobreviveram em mim daquele choque, sorriem um riso surpreso, doce e esperançoso. E ainda mais apaixonado.

JOÃO_

ESCREVO CURTINHO, sem fôlego. Dou no máximo duas, três frases sem sair de cima da sintaxe. Estou erguendo um prédio alto, muito alto, feito só com os andaimes mesmo. Quando os retirar, estará pronto o texto, erguido assim, sólido, no vazio.

Não sei onde pôr as mãos enquanto vou pela rua e estou sem bolsos. Amar às vezes é embaraçoso igual. Por isso, deixo crescer uma enorme bolha de intervalos em torno de mim. Assim, isolado de tudo, consigo ouvir alguns rumores que me vêm de dentro. E, abancado à minha caderneta eletrônica, o dedo suspenso sobre o bloco celular, espero para batucar ali o que as assombrações me ditam.

Caso elas permaneçam mudas, escrevo o que ouvi no banco de trás do coletivo. E, assim, vou jogando paciência fora da bacia até que as cartas, líquidas, me instiguem a outra forma de cosmogonia. Mas, como tudo em escrever demora, resolvo preparar esta carta aqui, falando da sacralidade das coisas perdidas em notas esparsas, vãs. Nota sobre nota, em dinheiro vivo vou pagando a diária ao meu senhorio, meu senhor e meu deus: o contador que habita minha cabeça e se chama João. Ele fez letras, e não números, o que facilita em muito a tarefa de enganá-lo.

Ando escrevendo. Não no sentido de estar praticando regular e ultimamente a escrita. Escrevo andando mesmo. A mão direita segura o guarda-chuva com a guia do cachorro, e, na esquerda, meu velho smartphone é tamborilado por um dileto polegar, brandindo meu diferencial de espécie hominidae, que, suponho, deva ser a soma do homem que deu de eu ser e a ideia que ele traz de si, em mim.

Salto uma poça d'água na calçada como um australopiteco saltava ereto de um galho a outro em busca de uma pinça. Às vezes, as vozes dos colegiais cruzando em sentido contrário falam ao meu Homo sapiens e entram no que escrevo de modo tão perfeitamente encaixado que me arrisco a dar uma nova volta no quarteirão. Estou em pleno cálculo. João, tímido, me confunde com suas planilhas sem números, seus sete discursos, seus sete sinais. O que é esse corpo a corpo de sangue pisado no chão, esse sururu de freges, esse arranca-toco danado? Quem é o chefe da falange de caboclos que promovem essa sua peleja com a palavra? — perguntou minha mulher, assustada.

Junto dela, da palavra, não da minha mulher, percorro um campo duro, terreno seco, bruto, pasto empedrado de pau, pedra, suor e porra; pano puído, papel jornal e silêncio. Pertenço a uma espécie peripatética em transe, por isso a ideia me pega é andando. Espremo áspero o caladão em mim, forço o tubo da pasta de meus começos até o fim. Do olho de vidro é que enxergo melhor. Um conta-gotas de engasgos históricos reticentes me salta do pulmão e me para na dentadura, na forma e na textura de um ranho doce. Ouço a voz de pequeníssimos falsos brilhantes, são talvez os pirilampos com que dei pelo caminho de videiras e com eles tento moldar a curva lenta deste colar improvável, feito de bijuterias de sílabas hesitantes e alegorias presas num arame com Durepoxi. João controla meus excessos, mas, como se vê, às vezes ele se distrai.

Flui assim a minha frase, mal expectorada de mim, empoçada num córrego difícil, de catarro empedrado. Nele, tropeça minha mímica, símia, tísica, tosca, que só faz balbuciar libelos ciciados em pronomes condicionais e música, porque escrevo caçando jeito, tateando modo no escuro, buscando liga no visgo desse muco que me arranha perigosamente a glote. Raspo caroço com o dente, a fruta já sem muita carne, a carne já sem pega alguma, nessa refrega do som descarnado que ouço em mim e, indigitado, teimo em escrever.

Escrevo mais para não ter de ficar lembrando que minha escrita é só o jeito que aprendi de me esquecer por completo. Como quem foge, procuro. Vou até o bar. Quem sabe numa discussão dessas de porta de boteco, com a fúria populosa daquela solidão ali, não me assopram no ouvido o fim da história da noite?

Na desordem surda do salão, o olhar de scanner do garçom com a bandeja ao alto, somado a um par de gestos, confirmam em libras a exatidão de meus pensamentos. Meu pedido mais secreto vazou: dissolve-se no ácido incidental do gim e no nome de cada pessoa em mim. Hoje é apenas mais um dia, uma noite de novembro. Abstraio-me do senhorio João. Estou livre. E já não escrevo.

ADVERTE-SE AOS CURIOSOS QUE SE FEZ COMPOR ESTA OBRA EM SABON C12 / ROCKWELL C16, E IMPRIMIR EM PAPEL PÓLEN 90G, NA GRÁFICA GRAPHIUM, SÃO PAULO, BRASIL, MIL EXEMPLARES NO MÊS DE NOVEMBRO DE 2023.